LES BRACELETS D'AMOUR

DU MÊME AUTEUR

—

La Douceur du corset. Finitude, 2009.

L'Atelier de la chair. Finitude, 2011.

L'Homme sans bagages. Finitude, 2013.

Le Prix des âmes. Finitude, 2015.

Le Prince de ce monde. Finitude, 2020.

EMMANUELLE POL

LES BRACELETS D'AMOUR

FINITUDE

Illustration de couverture : © CSA Images

ISBN 978-2-36339-183-4

à mon fils

« L’enfer n’est pas à venir, l’enfer a eu lieu.
[…] Car l’enfer, c’est l'enfance. »

Thomas Bernhard

Les bracelets d'amour

Un cri perçant déchire l'air. La mère a détaché le nourrisson de ses bras pour le déposer dans son relax : ce n'est visiblement pas du goût de l'enfant, qui manifeste sa colère par des vagissements stridents dont l'intensité va crescendo. On peut voir son minuscule visage crispé de fureur virer à l'écarlate, les traits déformés par la violence de ses pleurs, les sourcils gonflés au-dessus de ses yeux exorbités, les narines frémissant de colère impuissante et la bouche ouverte comme un four, large trou noir où la langue oscille en suspension au rythme de l'air expulsé.

La jeune femme sent son estomac se tordre. Son cœur s'accélère. Elle ajuste les sangles du petit fauteuil, se redresse. Recule d'un pas pour observer le bébé. Son fils. Son premier enfant. Imperturbable, le nourrisson continue de s'égosiller. Paroles, berceuse, promenade, caresses, elle sait que rien n'y fera : il veut retourner dans les bras de sa mère, ça semble clair, et il gueulera jusqu'à ce qu'elle accède à son désir. Un désir total, absolu, monstrueusement égoïste. Un désir qui exige d'être comblé et ne laisse aucune place à l'autre. Un autre qui d'ailleurs n'existe pas, ne doit pas, ne peut pas avoir d'existence distincte de lui. Lui, le centre du monde !

Par moments, l'enfant monte dans des fréquences si aiguës que plus aucun son ne sort de sa bouche béante. Cramoisie, la luette vibre en silence au fond du tunnel de la gorge, comme dans un dessin animé dont on aurait coupé le son. Puis il renverse la tête en arrière, prend une grande inspiration, et la cacophonie éclate de plus belle. Insistante, lancinante, perçant les tympans, semblant hurler à la mère « Je t'aurai à l'usure ! Tu m'obéiras ! Fais ce que je veux ! Tu dois, tu dois, tu dois me prendre dans tes bras ! » tandis que le petit visage grimaçant se tord de rage.

De nouveau, elle sent qu'elle perd pied. Une angoisse glacée l'envahit. Elle craint plus que tout ces accès de panique, surgis presque immédiatement après la naissance et dont elle n'a osé parler à personne. C'est chaque fois la même chose : son esprit qui se vide, son cœur qui bat la chamade, et cette impression que la réalité perd brusquement toute substance. La perception de sa propre personne devient floue, sa peau anesthésiée picote comme celle d'un membre engourdi. Désespérément, elle tente de s'accrocher aux aspérités de sa raison pendant qu'elle glisse, comme un alpiniste qui dévisse, dans le blanc exsangue de son cerveau.

Dans sa colère, l'enfant détend comme des ressorts ses courtes jambes arquées, lançant en avant ses pieds munis de minuscules pantoufles. Encore un de ces cadeaux ridicules qu'elle a reçus. Figurant une tête de clown, chacun des chaussons est garni de deux yeux noirs en feutrine, de sourcils en accent circonflexe et d'un pompon rouge pour le nez. La vision de ces visages grotesques bondissant spasmodiquement au rythme des pleurs paraît soudain absurde à la jeune femme, provoquant chez elle une sorte d'hilarité nerveuse. Un éclat de rire discordant sonne lugubrement dans la pièce.

Elle court s'accroupir dans un coin. Ferme les yeux, plaque ses mains sur ses oreilles. Pendant de longues minutes, elle reste recroquevillée, la tête rentrée dans les épaules. Des taches multicolores tourbillonnent sous ses paupières. Peut-être s'est-il endormi ? Lentement, prudemment, elle desserre ses paumes : les braillements lui sautent à la tête, plus perçants que jamais. L'air zébré de clameurs résonne de manière presque palpable dans l'appartement vide.

Elle tourne des yeux las vers l'enfant. À force de s'agiter, le bébé a fini par imprimer un mouvement de balancier au fauteuil posé sur le sol. Glissant par saccades sur les dalles, il se rapproche d'elle à chaque soubresaut. Son occupant semble avoir compris, ou du moins perçu qu'il parvenait ainsi à se mouvoir en direction de son objectif, car il a redoublé d'énergie dans sa manœuvre. Criant toujours, le regard fixé sur sa mère, inexorablement, il avance vers elle.

Le sang de la jeune femme ne fait qu'un tour. De toutes ses forces, elle lance un coup de pied dans la coque en plastique bariolé du relax. Sous le choc, celui-ci recule en tournoyant et les hurlements de l'occupant, maintenant de dos, se teintent d'une nuance d'angoisse. La jeune femme émet un ricanement hystérique. « Ah tu veux ma peau » gronde-t-elle. « Tu veux m'avoir ! Tu veux me rendre folle ! Eh bien tiens ! Tiens, tiens, et tiens ! ». Perdant toute retenue elle lance une grêle de coups de pied dans le fauteuil qui se met à tanguer sous l'assaut comme un radeau dans la tempête. Le bébé terrorisé, les yeux écarquillés, pousse maintenant de pitoyables gémissements rauques. Sous un coup plus violent que les autres, le fauteuil tombe sur le côté avec un bruit mat. Abasourdie, la jeune femme reste debout, haletante. Les mains tremblantes, elle redresse la nacelle. Elle regarde l'enfant : il geint doucement. Il n'a pas l'air blessé. Les yeux brûlants de larmes, une main sur la bouche, elle court dans sa chambre et s'abat sur son lit. Le silence retombe sur l'appartement.

Ils dorment longtemps tous les deux. Quand la mère se réveille, l'heure du biberon est largement dépassée. L'enfant crie de nouveau, de solides cris de famine qui rassurent la jeune femme. Quittant sa chambre d'un pas lourd, elle s'approche de lui, le détache et le prend dans ses bras sans qu'il cesse de réclamer vigoureusement. Il est deux heures de l'après-midi, le soleil inonde la cuisine et elle est affamée elle aussi : il est déjà loin, le café au lait du matin. Mais l'impérieux nourrisson s'époumone contre son oreille. Il s'en fout bien, lui, qu'elle ait faim. Il doit être servi. Et vite. Et pas trop chaud, ni trop froid. Et dans les bras, au calme. Dans un cadre apaisant, a dit le pédiatre. Et avec amour de surcroît. Avec amour, bien sûr.

Car l'amour lui est dû. C'est sa prérogative, son privilège, le minimum exigible. Sans contrepartie, sans rien faire, de par sa simple existence, il y a droit. Inconditionnellement. Il lui a suffi d'apparaître entre les cuisses de sa mère, gnome plissé taché de merde et de sang, pour imposer sa loi. Maintenant, il n'a qu'à glapir pour qu'elle soit tenue de sécréter de l'amour. Pour qu'elle ait l'obligation de ruisseler d'amour. À tout moment. À jet continu. Quoi qu'elle ressente.

Le biberon tourne lentement dans le four à micro-ondes. Dès le départ elle a renoncé à donner le sein, pressentant combien cette bouche collée à sa poitrine, cette production laitière, ce tripotage de sous-vêtements spécialisés, d'appareils à traire et de mamelles crevassées la dégoûteraient. Mais même sans ça, comme il lui pèse, l'esclavage du lait. Comme elle l'oppresse, cette corvée de la nourriture, des horaires alimentaires qui ne lui laissent pour des activités sans cesse interrompues que le temps d'une courte digestion, clôturée par la puante opération des langes. Ils sont beaux, les « merveilleux instants de complicité » promis par les manuels. Sans parler des « rendez-vous d'amour » évoqués par certains magazines à propos des tétées nocturnes. Quand elle se lève la nuit, blême, épuisée par le manque de sommeil, titubante dans la pénombre pour aller nourrir le vorace hurleur, il lui semble subir une antique malédiction ; celle qui contraint la population à alimenter un monstre tapi au fond d'une grotte. C'est là qu'il se cache, à l'affût dans son berceau, l'avide animal des légendes, esclave et tyran des humains.

Enfin c'est l'instant. La tétine dans la bouche, blotti dans les bras qui le portent, l'enfant tète goulûment. Régulièrement. Concentré, tout à son affaire. Le reste de son corps pend, mou comme une poupée de chiffon. Par instants il est secoué de petits spasmes. Il regarde sa mère. Elle aussi le regarde. Elle voudrait tant lire quelque chose dans son regard. Un sentiment, une impression, le reflet de sa présence. Elle ne demande pas d'affection, même pas de reconnaissance. Juste la sensation d'exister pour lui. Mais rien ne filtre des petits yeux mi-clos. Rien d'autre que la satisfaction brute d'un besoin primaire. De toute évidence, elle n'est pas une personne mais une sorte d'élément naturel, comme l'eau qu'on boit ou l'air qu'on respire. Elle incline la tête, tente gauchement un sourire, une phrase. Il faut parler à l'enfant, a recommandé le pédiatre. Le bébé continue de boire en la fixant. Elle se met à pleurer doucement. De grosses larmes roulent lentement de ses yeux jusqu'à son menton, serpentant le long de ses joues avant de tomber dans le vide pour s'absorber sans bruit dans le bavoir en éponge du nourrisson. Quand il a terminé elle le redresse, l'appuie contre elle et tapote patiemment le petit dos convexe, attendant le rot qu'il émet en projetant sur son épaule une aigre flaque de lait caillé.

L'après-midi est bien avancée maintenant. Elle est toujours en peignoir, moite, décoiffée. Elle se sent sale. L'odeur de sueur qui lui monte des aisselles se fait envahissante.

L'appartement lui aussi est crasseux. La vaisselle de la veille encombre l'évier où croupit une eau grasse. D'ici quelques heures l'homme rentrera, fringant, fleurant bon l'eau de Cologne et l'extérieur, tandis qu'elle sera là, minable, grossie, idiote, dans les décombres du petit-déjeuner et les odeurs de lait rance. L'enfant s'assoupit contre son épaule. Elle le dépose précautionneusement dans son berceau et tire les rideaux. Une pénombre bleutée envahit la pièce.

Elle pousse silencieusement la porte et se dirige vers la salle de bains. Referme le couvercle des toilettes et s'assied sur la cuvette. Sa tête est vide, légèrement bourdonnante. Quelques idées viennent se cogner comme de grosses mouches, vrombissant dans le désert morne et plat de son esprit déshabitué à penser. Plus que tout le reste, c'est cette sensation d'abêtissement qui lui pèse. Ce joug qui l'oblige à tracer inlassablement le sillon de journées identiquement monotones. Plus jamais il ne disparaît, l'aiguillon des horaires, le fléau des cris. Plus jamais elle n'y échappe, à l'abrutissant rituel des tâches quotidiennes. Comme il est compliqué, le moindre écart. Comme elle est cher payée, la moindre tentative d'évasion. Et par-dessus tout la fatigue. Cette fatigue continuelle, immense, infinie. Cette fatigue qui la tenaille en permanence.

Lentement, elle saisit sur l'étagère une lame de rasoir emballée dans du papier blanc. Elle la déballe et examine le feuillet immaculé aux plis nets. Sans qu'elle puisse vraiment se l'expliquer, cette rigueur du trait, cette pureté des lignes lui fait du bien. Elle s'absorbe dans la contemplation du rectangle, observant la géométrie parfaite des ombres sur les pans du papier. Posée sur le lavabo, la lame brille d'un éclat gris. Ses découpes tracent en son centre un sourire édenté. Elle prend précautionneusement l'objet entre le pouce et l'index et appuie sur les côtés pour en tester la souplesse. La fine plaque d'acier bombe facilement. On a peine à croire qu'un si petit objet – si mince, si flexible – puisse tuer. Mais le pouvoir n'est pas dans le tranchant : il est dans le geste. C'est le geste et non l'objet qui doit être fort, précis, décidé. Il lui semble que ses idées sont soudain plus claires. Enfin elles s'orientent vers un but intelligent, rationnel. Le seul acte qui ait un sens.

Elle retourne son poignet gauche, en effleure l'intérieur du bout des doigts, caressant légèrement la peau fine sous laquelle court un réseau de veines bleues. En tendant le bras elle voit saillir deux tendons : faudra-t-il les trancher eux aussi ? Face à cette question elle est prise de terreur, son esprit recule dans un tourbillon d'images sanglantes. Et si la chair résiste ? Si les tendons ne cèdent pas ? S'ils s'avèrent trop durs à couper ? Et si elle a mal, et qu'elle n'arrive pas à finir, qu'elle regrette et qu'elle s'écroule, les chairs tailladées, dans un flot de sang ?

Elle serre les dents et chasse ces idées comme on chasse un insecte de la main. Il s'agit de faire vite. Elle reprend la lame et fixe du regard une ligne que la peau forme à la jointure du poignet. Là où les veines se voient le plus et les tendons le moins. Il suffira de suivre cette ligne et de bien appuyer. Elle bloque sa respiration.

*

En cette fin d'après-midi de décembre, la jeune mère servait le repas de ses deux enfants tout en grignotant un morceau de fromage. Elle avait faim elle aussi, les voir manger lui avait ouvert l'appétit. Dans la semoule molle, onctueuse, douceâtre, légèrement grumeleuse et recouverte de gruyère râpé, un morceau de beurre fondu formait une petite mare dorée. Âgé de six ans, l'aîné mangeait déjà bien proprement, tout droit sur sa chaise, appliqué, traçant des sillons dans son assiette. Son petit frère s'agitait sur son siège et s'amusait à touiller dans la masse souple, s'extasiant devant les fils qui s'enroulaient sur sa cuillère. Il n'était que six heures du soir mais une nuit d'encre régnait au dehors. Ricochant sur la longue baie vitrée, la lumière orangée de la cuisine la transformait en miroir, reflétant, au grand amusement des enfants, leur paisible dîner et la mère qui s'affairait autour d'eux.

Voyant que le repas n'avançait guère, la jeune femme s'approcha pour gronder gentiment ses deux fils. Dans le geste qu'elle fit en s'appuyant sur la table, les bras tendus, les mains tournées vers l'arrière, deux cicatrices boursouflées, parallèles et rougeâtres, apparurent à l'intérieur de son poignet gauche. Le regard de l'aîné se posa sur ces marques. La mère qui s'en était aperçue recula vivement, baissa rapidement sa manche. Mais le petit garçon lui demanda aussitôt :

— Maman, c'est quoi là sur ton bras, les lignes rouges ?

La mère resta silencieuse. Puis sans réfléchir, et à sa propre stupeur, elle s'entendit répondre d'une voix douce :

— Ce sont... ce sont des bracelets d'amour, mon poussin.

— Des bracelets d'amour ? répéta le gamin interloqué. Mais... ça vient comment ? Ça se fait avec quoi ?

— Ça vient comment ? Eh bien ça vient... ça vient... quand une maman a un enfant, et qu'elle l'aime très fort.

Surpris, l'aîné s'apprêtait à poser une autre question lorsque le petit, l'air joyeux et concerné, s'exclama :

— Et c'est pour ça alors que tu en as deux, des bracelets d'amour, parce que tu as deux enfants ?

— Oui mon chéri, répondit la mère. Oui, c'est pour ça.

Les seins de J.S.

J'avais vingt-cinq ans lorsque j'ai rencontré J.S. pour la première fois. Elle en avait soixante-huit et signait son dix-septième roman au Salon du Livre. Afin de canaliser l'attente devant son stand, on avait placé une série de barrières Nadar sur plusieurs dizaines de mètres. Dans la queue qui serpentait entre les exposants, les visages brillaient de sueur. On brandissait des smartphones, on discutait, le livre serré contre la poitrine. Des filles surtout, entre quinze et dix-huit ans : c'était notoire, les adolescentes adoraient J.S. De mon côté, je venais de publier une plaquette de poésie chez un éditeur local. Il s'en était vendu trois cent douze exemplaires – à ma famille et des amis principalement. Naturellement, personne ne venait me voir sur le coin de stand que mon éditeur partageait avec une société d'autoédition par Internet, et notre activité principale consistait à tuer le temps en sirotant du mauvais vin. J'errais donc, désœuvrée, dans les allées du Salon, lorsque j'avais été attirée par le spectacle de cette file d'attente et de celle qui en était l'objet. La petite table à laquelle était installée J.S. se trouvait sur un genre de podium, de sorte qu'elle surplombait le flux des passants. Assise devant une pile d'exemplaires de son livre et une bouteille d'eau minérale, l'auteure trônait, sereine, accueillant chaque visiteur avec un sourire qui ne semblait pas feint et dont j'admirai la générosité. Le seul élément qui me parut déplacé était, je ne sais pourquoi, son décolleté, dont la profondeur détonnait avec l'âge de celle qui le portait. Au creux d'une ample échancrure doublée de satin noir, il dévoilait largement deux mamelles blanches et plissées dont on pouvait deviner, malgré le soutien-gorge qui les comprimait, la forme étirée et l'extrême flaccidité. Pour une raison peu claire, cet étalage de viande faisandée me procura un indéfinissable malaise, et ce d'autant plus que la propriétaire semblait au contraire en tirer une grande fierté. Du haut de son estrade, elle ressemblait à l'une de ces antiques déesses de la fécondité qu'on voit dans les vitrines des musées. C'était comme si les sourires, l'attention, les signatures qu'elle distribuait trouvaient leur parfaite expression dans cette poitrine symbolique, complaisamment offerte à tous les regards.

J'étais encore dans cet âge stupide où l'on s'imagine que la fermeté de l'épiderme est un titre de gloire et que toute chair est périmée au-delà de trente ans. L'érotisme indéniable qui se dégageait de ce décolleté m'inspirait à la fois indignation et fascination, admiration et dégoût. Plantée au coin d'une allée, je restai un long moment à observer la scène. Le défilé des jeunes filles auprès de cette femme d'âge mûr avait quelque chose de touchant, et malgré mon avis plus que critique sur la prose de J.S., je ne pouvais que me réjouir de voir cette jeunesse chérir un livre, quel qu'il fût. Quant à l'auteure, la situation était visiblement très à son goût. C'était en quelque sorte son heure de gloire et elle ne boudait pas son plaisir, babillant, papillonnant, posant complaisamment pour les inévitables *selfies* et agitant des mains constellées de bagues et de ces taches brunes qu'on nomme « fleurs de cimetière ».

À quelques mètres de J.S., légèrement en retrait, se tenait, immobile, un petit homme moustachu. Rabougri, sans âge, dénué du moindre trait particulier, je ne l'aurais même pas remarqué si un détail ne m'avait frappée : ses yeux, fixés sur l'écrivaine, et plus particulièrement sur ses seins. Aussitôt mon attention fut happée par ce regard. C'était un regard d'enfant, d'animal, d'esclave, quelque chose d'humble et de fou, quelque chose de dévorant, d'ardent et de triste à la fois. Délaissant la protagoniste principale, je ne pouvais plus détacher mon attention du petit homme. Qui était-il ? Que faisait-il là ? Était-il un admirateur, un « fan » de J.S. ? J'exclus l'hypothèse d'un garde du corps, ridicule au vu de la stature du bonhomme. D'après l'endroit où il se tenait sur le podium, ce devait être un membre de l'organisation, quelqu'un de proche en tout cas. Pas un intime cependant, car J.S. semblait l'ignorer complètement. Pas une fois, même lorsque sa tête se tournait de son côté, elle ne lui accorda un coup d'œil ou un signe. C'était comme si le personnage eut été parfaitement transparent, un accessoire, un élément de mobilier. Malgré la chaleur, il avait gardé un imperméable mastic élimé qui s'ouvrait sur un col de chemise cravaté.

Rigide, sanglé, il était aussi engoncé que J.S. était dépoitraillée. Sur son front brillaient des gouttes de sueur qui augmentaient l'impression malsaine et fiévreuse de son expression. Ses mains enfoncées dans ses poches semblaient par moments s'agiter nerveusement, comme s'il avait serré les poings ou trituré quelque chose.

J'en étais là de mes observations lorsque je sentis quelqu'un me taper sur l'épaule. C'était G., un auteur beaucoup plus âgé que moi, assez lancé dans les cercles littéraires. Constatant ma détresse dans les quelques manifestations auxquelles j'étais invitée, il avait décidé de me prendre sous son aile.

— Alors, me lança-t-il narquois, on rêve devant la star ?

— La star, oui... répondis-je, distraite. Mais as-tu remarqué ce type, là ? Qui est-ce ? Le chauffeur ? Quelqu'un de sa maison d'édition ?

À ma grande surprise G. éclata de rire.

— Ça ? Mais comment, tu ne sais pas ? C'est « Monsieur » J.S. !

Devant mon air stupéfait, il ajouta :

— Enfin, c'est bien connu, c'est même la risée de tout le milieu. Il ne la lâche pas d'une semelle. Partout où elle va il l'accompagne et il reste là, à la bouffer des yeux. Elle le cocufie tant qu'elle peut, elle a encore le feu au cul la vieille, faut pas croire. Un pauvre type, il doit se passer de drôles de choses entre eux. Ah, le mystère des couples... conclut-il avec un soupir théâtral, avant de disparaître dans une pirouette.

À partir de ce jour, je n'eus de cesse d'en savoir plus sur le mari de J.S. En fouinant un peu, je découvris qu'excepté quelques portraits officiels où elle figurait seule, le petit homme apparaissait systématiquement à l'arrière-plan des photos de l'auteure. Parfois on l'apercevait distinctement, parfois c'était juste une silhouette floue qu'on devinait. À la longue cette présence, sorte de double fantomatique de l'écrivaine, prenait une teneur obsédante. Malheureusement les nombreuses biographies étaient muettes à son sujet, et Internet ne me fournit pas davantage de renseignements. J.S. était mariée depuis plus de quarante ans, elle n'avait pas d'enfants, c'est tout ce que je parvins à savoir de sa vie familiale. Plusieurs fois, par la suite, j'eus l'occasion lors d'un salon, d'une conférence ou d'une lecture, d'observer la même scène avec une curiosité toujours renouvelée. J.S. vieillissait, publiait, hantait les mondanités – et le petit homme était toujours là, de plus en plus ratatiné. Tapi dans l'ombre, toujours aussi hagard, il fixait toujours aussi intensément les seins de sa femme, dont le décolleté affichait toujours aussi insolemment le progressif naufrage.

J'aurais fini par enterrer l'affaire, si quelques années plus tard J.S. n'était morte brusquement, suscitant le raffut habituel pour une célébrité de son envergure : rééditions, chroniques, articles en tous genres, hommages et invectives posthumes. Mais ce qui fit l'effet d'une bombe fut un livre publié quelques mois à peine après le décès. C'était un recueil de souvenirs sobrement intitulé : « J.S. et moi. » L'auteur en était le mari.

Moi qui avais toujours proclamé mon dégoût pour la « peopolisation » de la littérature et milité ardemment contre la tentation vulgaire d'étudier l'œuvre d'un artiste à la lueur de sa vie privée, je me précipitai pour acheter le volume dont une pile toute fraîche garnissait l'étalage de mon libraire. « J.S. : la face cachée » indiquait un bandeau rouge vif. C'est ainsi que j'appris la teneur de l'étrange marché – un marché, en quelque sorte, faustien – qui unissait l'auteure à son mari.

J.S. avait vingt-trois ans lorsqu'elle avait fait sa connaissance. Inscrite en faculté de Lettres, elle fréquentait régulièrement un café proche de l'Université, local enfumé où convergeaient des bandes d'étudiants et où venait également déjeuner le personnel d'une compagnie d'assurances voisine. C'est là que l'homme, un banal employé de la firme, l'avait aperçue. La jeune fille lui avait immédiatement tapé dans l'œil, au point que c'était devenu pour le groupe d'étudiants un sujet de plaisanteries : lorsqu'ils entraient dans l'établissement, le bonhomme était là, guettant la jeune fille, l'observant fixement, la dévorant des yeux. D'origine russe, J.S. était une de ces beautés flamboyantes à la chevelure auburn, à la peau laiteuse, aux yeux sombres, aux pommettes hautes et à la poitrine somptueuse. Dotée d'un tempérament de feu, elle faisait tourner les têtes et collectionnait petits amis, ruptures fracassantes et spectaculaires tentatives de suicide.

Un jour, fatiguée des moqueries de ses camarades, elle avait délaissé son groupe et s'était approchée de la table de l'homme. Comme par défi, sous le regard interloqué de ses congénères, elle s'était assise, avait engagé la conversation avec lui. Ce jour-là, expliquait le mari, avait été la chance de sa vie. Il ne bénirait jamais assez le ciel d'avoir su la saisir, il ne s'expliquait pas encore avec quel courage. Mais sans doute leurs âmes, disait-il, s'étaient-elles déjà reconnues, et le lien mystérieux qui les unissait, déjà noué.

À force de persuasion, il avait extorqué à la jeune fille un premier rendez-vous en tête-à-tête. D'autres avaient suivi. Moins d'un mois plus tard, elle emménageait chez lui. Que s'était-il passé durant ces rencontres, le mari de J.S. ne l'indiquait pas vraiment. De ses explications tortueuses, on pouvait cependant déduire l'histoire suivante. Dans un de ces brusques accès de confidences qui la caractérisaient, J.S. s'était ouverte à l'interlocuteur inconnu, lui avait avoué ses tourments existentiels, ses ambitions littéraires déçues. « Aimer et créer » avait-elle résumé, étaient les seules choses importantes à ses yeux. Malheureusement, si les histoires d'amour ne manquaient pas, le volet créatif se révélait plus que stérile. Elle avait bien quelques idées, mais son humeur instable et une forme de doute permanent, doublées pour ne rien arranger d'incessants problèmes matériels, l'empêchaient de mener à bien quelque projet que ce fût. Elle aurait payé cher, très cher, avait-elle ajouté, pour être capable de publier quelque chose de convenable. C'est alors que le petit homme lui avait proposé ce curieux contrat : il lui assurait la stabilité, et par là même, le succès littéraire auquel elle aspirait et qu'elle était capable d'atteindre, cela ne faisait aucun doute. En échange, elle l'épousait et s'engageait à vivre avec lui. Il ne lui demandait pas de l'aimer, ni même de coucher avec lui, avait-il précisé. Elle serait totalement libre, avait indiqué le bonhomme à la stupeur de J.S., d'avoir tous les amants qu'elle voudrait. Il y avait cependant une condition sine qua non : elle n'aurait pas d'enfant, ni avec lui, ni avec personne. Car l'enfant, ce serait lui.

La lecture de cette déclaration m'emplit de perplexité. Que voulait-il dire par là ? Je revoyais l'écrivaine telle que je l'avais aperçue la dernière fois, son visage marqué, ses minauderies de gamine, ses mains tavelées… Mais s'il faut dire la vérité, mon malaise s'augmentait de mon impatience : après cette étrange déclaration, j'avais hâte d'en savoir davantage.

Venait ensuite une longue description de l'enfance de l'homme – une enfance pour le moins sinistre. Il n'avait jamais connu son père. Sa mère, une femme magnifique qui vivait d'expédients peu recommandables, l'avait élevé seule dans des conditions matérielles difficiles. Plus d'une fois, tout gamin, il lui avait fallu subir le spectacle des clients qui défilaient dans la pièce unique où ils logeaient. Malheureusement, cette mère était morte quand il avait huit ans ; on avait alors placé le bambin dans une famille d'accueil, dont il n'avait pas tardé à devenir le souffre-douleur. De ce traumatisme, l'enfant ne s'était jamais remis. C'est ainsi qu'il avait développé une de ces perversions rares et particulièrement taboues qu'on nomme, dans le jargon psychiatrique, autonépiophilie. Suivait une explication scientifique, manifestement tirée d'un ouvrage spécialisé, de ce désir très particulier qui consiste, pour un adulte, à vouloir être traité et manipulé comme un bébé. Comme pour se justifier, l'homme fournissait une étonnante statistique de cette pratique bien plus courante qu'on ne croit, et assez répandue pour engendrer un florissant commerce clandestin de grenouillères, tétines, couches-culottes et biberons pour adultes. Au premier regard, affirmait le mari, il avait décelé en J.S. la femme qui serait enfin capable d'assurer auprès de lui ce rôle très spécial. Son opulente beauté, ses hanches larges et sa poitrine généreuse, indiquait-il, lui avaient immédiatement rappelé sa mère. Pour J.S., qui traversait alors une période d'extrême désespoir, le petit homme avait surgi comme une planche de salut, une forme d'étrange génie que le destin lui envoyait. D'une manière ou d'une autre il avait gagné sa confiance : auprès de lui, elle en était certaine, elle pourrait enfin se consacrer à l'écriture. Quant aux manies du petit homme, elles ne lui paraissaient pas autrement dérangeantes, et même plutôt amusantes. Au regard des relations tourmentées qu'elle avait connues, tout cela n'était, c'est le cas de le dire, que des enfantillages. C'est ainsi qu'elle avait accepté de se prêter à un rituel quotidien, que le mari ne décrivait qu'à mots couverts mais qu'on devinait aisément.

À ce stade de ma lecture je dus déposer le livre, prise de nausée. Brusquement tout s'expliquait. Il me fallait maintenant imaginer le petit homme muni de langes et pendu à la mamelle de J.S., ou attendant son dû avec ses yeux de fou tandis qu'elle ouvrait son corsage. Était-il possible que de telles perversions existent? «Ah, le mystère des couples...»: la phrase de G. me revint.

Peu après son mariage, J.S. était parvenue à accoucher d'un premier roman qui, s'il n'eut pas le succès phénoménal des suivants, lui permit une entrée remarquée sur la scène littéraire. Il faut dire que ses conditions d'existence étaient maintenant particulièrement propices à la création. À peine la jeune fille installée chez lui, le mari avait entrepris de lui aménager un chaleureux bureau dans lequel il évitait absolument de la déranger. À la mesure de ses moyens, sans luxe mais de manière confortable, il avait tout organisé pour qu'elle ne soit dérangée sous aucun prétexte, ni par des tâches ménagères ni par ces fastidieux détails du quotidien qui empoisonnent la vie des artistes. Factures, courses, ménage, lessive ou soucis de plomberie lui étaient épargnés avec un soin jaloux. Nul horaire, nulle activité ne lui étaient imposés: elle avait tout loisir de se promener, d'écrire, de lire, de rêver ou de dormir si ça lui chantait. Lors des manifestations publiques, il lui servait de chauffeur, de porteur, de factotum. Quant à la vie sentimentale de son épouse, le mari de J.S. s'en tenait rigoureusement à l'écart, s'effaçant devant les nombreuses aventures qu'elle ne tarda pas à reprendre et qui devaient plus tard défrayer la chronique. La jeune écrivaine était libre d'aller et venir à sa guise, de découcher, voire de prendre quelques jours de vacances avec qui bon lui semblait. L'unique condition, elle la connaissait : après quelque temps, il lui fallait rentrer chez elle. Là, son bureau d'écrivain l'attendait – et le petit homme, obstiné, humble et fidèle, patient comme un chien devant son écuelle.

À nouveau je songeai à interrompre ma lecture. Après tout j'avais eu les explications que je cherchais et même davantage. À quoi bon continuer à fouiller dans la boue d'une vie qui ne me regardait pas ? Mais j'en avais trop lu désormais pour pouvoir m'arrêter. Puis, une autre chose m'intriguait : à partir de là, imperceptiblement, le ton du récit changeait. Il me sembla déceler dans les propos du mari une sorte d'agressivité contenue, ou d'esprit de vengeance qui mettait une note fielleuse dans ce tableau somme toute idyllique.

Si J.S. s'était imaginée profiter simplement de conditions matérielles confortables et conserver sa liberté sentimentale, la suite des événements avait dû lui fournir un flagrant démenti. Rapidement, un violent instinct maternel s'était déclaré en elle pour le petit homme et son besoin désespéré d'amour. Contre toute attente, ce qui se passait entre eux chaque soir, dans le secret de l'alcôve, tout à la fois l'apaisait et l'exaltait. Elle découvrait, fût-ce sous une forme inhabituelle, le bonheur de donner, donner pour de bon, donner sans retenue. Pour l'étrange enfant dont elle avait assumé la charge, elle était un élément vital, le ciel, l'horizon, la lumière. C'était un territoire inconnu qu'elle explorait, trouble et lumineux, sensuel et parfaitement pur – bien au-delà des clichés, de la morale et des sentiments conventionnels qu'elle avait connus. À côté de ce qui peu à peu se nouait entre eux, ses tumultueuses liaisons lui semblaient bien ternes. Ce furent pour l'auteure les plus belles années de création. Ce talent populaire qui faisait sa marque de fabrique et lui attirait l'idolâtrie des foules s'affirmait, les succès s'enchaînaient, les prix littéraires pleuvaient, et accessoirement, l'argent commençait à rentrer largement dans le foyer.

Avec la reconnaissance, l'auteure avait pris de l'assurance. Elle était célèbre maintenant, sollicitée sans cesse. Peu à peu le petit homme et son rituel commencèrent à lui peser. Bientôt ce fut une obligation insupportable ; sans compter qu'on se gaussait dans le milieu de ce conjoint peu glamour qui la suivait comme son ombre et ne la quittait pas des yeux. Déjà des bruits couraient sur ce qui pouvait bien l'attacher à un personnage aussi falot. Que serait-il advenu si on avait appris ce qui se passait entre eux ? L'idée seule la faisait frémir. À la faveur d'une liaison avec un collectionneur d'art, J.S. avait décidé de partir. Sèchement, elle l'avait annoncé à son mari avant de faire ses bagages. Après quelques semaines, elle avait toutefois constaté un phénomène inquiétant : plus une ligne ne naissait de son clavier, plus une idée de son esprit.

L'inspiration était tarie. Sans cesse elle revoyait le petit homme, seul dans son appartement, orphelin de ses bras et de ses seins. Elle l'imaginait rangeant ses pauvres accessoires, des larmes coulant sur sa moustache, et son cœur se convulsait d'horreur, de haine et de dégoût. Lui faudrait-il rester toute sa vie liée à cet avorton, le porter attaché à elle comme une sangsue ? Il était urgent de briser cette relation perverse. S'il le fallait, la littérature attendrait. Après tout son dernier roman était sorti peu auparavant, rien ne pressait. Elle avait bu des litres de vodka, trompé le collectionneur, laissé passer les jours pour tenter d'oublier. Quelques projets étaient nés, tous avortés, refusés par son éditeur : l'esprit n'y était plus, ce n'était pas ce qu'on attendait d'elle, cela sonnait faux. Neuf mois plus tard, indiquait laconiquement le mari, son épouse était revenue.

Fou de bonheur, il l'avait accueillie sans un reproche. Mais les conditions avaient changé. De ce jour J.S. ne lui avait plus adressé la parole. Plus un mot, plus un regard, plus un sourire. Quelques monosyllabes pour régler les détails du quotidien, quelques ordres brefs. Si elle avait recommencé à honorer sa promesse, le rituel était maintenant expédié à heures fixes, méchamment, comme une corvée. Le mépris suintait de chacun des gestes de sa femme, elle se plaisait à l'humilier de toutes les manières, lui lançant la nourriture à la tête, l'abreuvant d'injures, découchant sans le prévenir. Si elle avait osé, elle l'aurait tué sans doute – le petit homme l'avouait en toute simplicité.

Dans cette ambiance glacée, elle s'était pourtant remise à écrire. Sa prose avait acquis une profondeur nouvelle. Les critiques parlèrent de maturité, ceux qui la méprisaient durent s'incliner : indéniablement quelque chose, dans sa voix, touchait aux pulsions profondes de l'âme humaine. Quant au mari, il avait accepté sans renâcler la nouvelle situation. D'une certaine manière, cela n'avait fait que renforcer son adoration. Il était sa chose, son gamin, son souffre-douleur. Il l'attendait – toute la nuit s'il le fallait, des semaines entières parfois. De toute façon, elle revenait toujours. Il en était allé de la sorte pendant trente ans, jusqu'à la mort de l'écrivaine. « On peut en penser ce qu'on veut » concluait le mari, « moi j'appelle ça de l'amour ».

C'est sur cette phrase que s'achevaient les mémoires du bonhomme. Naturellement, on cria au scandale. On se délecta, on tâcha de l'interviewer, des psychologues, des magazines spécialisés et des émissions télévisées réclamèrent son témoignage – sans succès. Il refusa obstinément toute sollicitation. Peu à peu le silence retomba sur cette histoire. Pour ma part, j'en fus irrémédiablement marquée. Quelques mois plus tard, je publiai un premier roman. Par la même occasion je quittai mon fiancé, un garçon pourtant bien sympathique, que je croyais aimer, et qui voulait un enfant de moi.

Un fruit sec

Elle a le souffle court en tournant la clé dans la serrure. Pourvu que Roger ne soit pas encore rentré. Heureusement, tout est silencieux dans le loft. Seule flotte une odeur d'eau de toilette, un vétiver indissolublement lié à la peau brune de son compagnon. Elle entrouvre la porte de la chambre, jette un coup d'œil. Un placard béant, une paire de chaussettes oubliées : il est sûrement au squash. Elle traverse le salon vide au mobilier de verre et d'acier. Ses tempes battent. Elle se laisse tomber sur le canapé de cuir blanc. Après quelques instants elle se lève, se dirige vers la salle de bains. Une pièce qu'ils ont conçue pour leur seul plaisir, entièrement laquée d'un noir mat. Sous la lumière crue des halogènes, les accessoires chromés brillent d'un éclat froid. Elle se déshabille lentement, méthodiquement.

Voilà, elle est nue devant la glace qui couvre toute une paroi – la glace devant laquelle ils ont fait l'amour si souvent, heureux de contempler leurs corps sveltes et sportifs, variant les positions comme s'ils baisaient pour un porno. D'une main, elle tire vers elle un miroir grossissant dont le support en accordéon est fixé au mur.

L'inspection peut commencer.

Elle soulève une mèche sur son front, en scrute la racine. Trois semaines depuis la dernière visite chez le coiffeur. Les cheveux blancs ont recommencé à pousser. Réguliers, obstinés comme une rangée de fantassins, ils forment une ligne nette qui progresse le long des tempes. Elle lâche la mèche, secoue la tête : heureusement, Hugo fait du bon boulot. Le blond est parfait, ça tiendra jusqu'au rendez-vous de samedi.

Son regard descend sur ses paupières. Cachée dans le pli, on distingue à peine la fine cicatrice. La correction a redonné un coup de frais, ça valait la peine.

Elle rapproche son visage du miroir, se concentre sur la bouche. Du bout du doigt, elle écarte une lèvre : la gencive monstrueusement agrandie ondule, rose et bosselée, dénudant la base des dents. Vu d'aussi près, l'os est jaunâtre, poreux comme la mâchoire d'un squelette. Elle est maniaque du brossage mais rien n'y fait : la chair se rétracte. C'est l'âge, on n'y peut rien a dit le dentiste. Par chance le blanchiment a donné de bons résultats et la bouche est joliment ourlée. Les affreuses ridules verticales ont été provisoirement gommées. Par la même occasion, quelques injections pour lisser le front. Steiner a bien bossé ; il est cher mais il a le bon goût d'y aller doucement, pas comme ces crétins qui fabriquent des lèvres de canard à la chaîne.

Elle repousse le miroir grossissant, recule d'un pas. Le buste maintenant. Depuis qu'on a remis du volume il y a cinq ans, la gravité a fait son travail. Pourtant elle a toujours fait attention. Pas de grossesse, pas d'allaitement, jamais une variation de poids, soutien-gorge de sport et écran total au soleil. N'empêche, les seins s'affaissent. Peut-être qu'on aurait dû mettre un peu moins ; mais Roger aime ça, les gros seins. Elle les soulève dans ses paumes, les observe, les laisse retomber. Deux outres gonflées de silicone.

Son regard descend le long de ses hanches, s'arrête sur le ventre. L'avant est lisse, sculpté par l'exercice. Sur les côtés par contre, on distingue un peu de cellulite. Elle a beau se masser, s'affamer, la fine couche de capiton s'est incrustée, impossible à déloger.

Elle pose ses deux mains à plat sur le bas-ventre, juste au-dessus du pubis.

Elle détourne la tête.

Elle ne se sent pas bien.

Ça a commencé il y a trois mois. La nuit elle se réveillait en sueur, frissonnant dans son t-shirt glacé. Les journées se traînaient : fatigue, nausées, maux de tête, manque d'énergie. Elle couvait quelque chose, c'était sûr. La grippe certainement, qui était en train de se propager au bureau. Comme la maladie tardait à se déclarer, elle en avait profité pour effectuer un bilan complet : prise de sang, analyses de selles et d'urine. Pour ne rien arranger, le moral était au plus bas depuis quelque temps. Plus précisément, depuis qu'elle avait surpris cette conversation entre deux employées de l'agence. Les deux mémères du premier étage, celles dont elle ne se rappelle jamais le nom. Elle venait leur faire corriger la maquette d'un catalogue, elle s'était penchée sur l'ordinateur d'une des deux, la brune à cheveux gras. Le pourtour de l'écran disparaissait sous les photos de bébés, sûrement les rejetons de cette vache. Elle n'avait pas pu s'empêcher d'y jeter un coup d'œil. La femme, qui avait suivi son regard, attendait visiblement un compliment, avec cet air béat des femelles qui exhibent leur progéniture. Agacée, elle s'était contentée d'indiquer sèchement les corrections à effectuer avant de tourner rapidement les talons. Pas assez vite cependant pour ne pas entendre les commères ricaner entre elles. La première avait posé une question à laquelle l'autre avait répondu, assez haut pour être entendue :

— Des enfants, celle-là ? Bien sûr que non, c'est un fruit sec !

L'expression avait sonné comme une gifle, au point qu'elle avait dû s'arrêter dans le couloir et s'appuyer au mur pour encaisser le choc.

Un fruit sec. Elle qui porte dix ans de moins que ces deux bobonnes. Elle qui gère l'agence d'une main de fer, qui l'a imposée sur un marché difficile, qui emploie vingt personnes et qui a soutenu des dizaines d'artistes, leur permettant de se faire un nom, d'exposer des créations qui n'auraient jamais vu le jour sans son aide. Elle, un fruit sec ? La remarque reste plantée dans son cœur comme une écharde.

Pourtant elle en a l'habitude, des critiques. À son âge,

elle a déjà tout entendu sur le sujet. Des réflexions les plus grossières aux sous-entendus les plus perfides. À commencer par ses parents, qui l'ont harcelée pendant des années chaque fois qu'elle allait les voir. Demandant la bouche enfarinée si tout allait bien avec Roger, si elle n'avait pas « une bonne nouvelle » à leur annoncer. Heureusement, ils ont fini par se lasser et concentrer leur attention sur les moutards de sa sœur, trois morveux qu'on n'éduque pas de peur de les traumatiser et dont elle a refusé d'être la marraine. Si elle n'a pas d'enfants, ce n'est pas pour s'occuper des gamins des autres. Ça a jeté un froid dans la famille. On lui a reproché son égoïsme, une fois de plus. Comme s'il était plus égoïste de visiter le Bhoutan avec Roger que d'ajouter trois êtres à la planète pour le plaisir de se reproduire. Heureusement, Roger l'a toujours soutenue. D'ailleurs ils n'ont jamais vraiment décidé de ne pas avoir d'enfants. Ils ont simplement éludé la question. Juste après leur rencontre, il y a eu le lancement de l'agence, puis la rénovation du loft, puis la rétrospective et tous les voyages, ils ont eu autre chose à faire. Ça ne s'y prêtait pas, voilà tout. « On verra bien, Chouchou » se contente de dire Roger les quelques fois où ils évoquent la question. « On est bien comme ça, non ? » « Et puis je les veux pour moi tout seul », ajoute-t-il en lui empoignant les seins. La discussion se termine au lit.

Un fruit sec. Pourquoi cette phrase lui a-t-elle fait tant de mal ? Parce qu'elle est fatiguée ces temps-ci ? Parce que ça fait plusieurs fois que Roger se retourne sur des filles plus jeunes ? Ah elle est dure, la lutte. Parfois elle rêve d'abandonner, de tout lâcher. Ces derniers jours, il lui est même arrivé d'envier sa sœur, qui étale sans complexe son ventre distendu et ses t-shirts tachés au milieu de sa marmaille. Bien sûr le beau-frère (le Beauf, comme dit Roger) la trompe, mais sans doute pas plus qu'un autre. D'ailleurs, si ça se trouve, Roger ment aussi, avec son squash un soir sur deux.

Cet après-midi en sortant du bureau elle est enfin allée voir Georges pour connaître le résultat de ses analyses. Irritée, elle a longuement patienté dans la salle d'attente du médecin : il a fallu caser le rendez-vous à la fin d'une journée chargée, ça lui a fait rater son cours de Pilates. Pourvu qu'il ne soit pas trop tard pour se faire vacciner contre la grippe, c'est tout ce qu'elle espère : huit jours de maladie, avec le boulot qu'il y a, non merci. Agacée, elle dépose le magazine qu'elle feuilletait.

— À toi ma belle, lance le praticien en passant sa tête ébouriffée de boucles grises par la porte du cabinet. Georges la suit depuis plus de vingt ans, il la connaît bien, c'est presque un ami.

— Bon alors à nous deux. Comment ça va depuis la dernière fois ? Tu as fait ce que je t'ai dit ? Tu as un peu levé le pied ? Je n'ai pas l'impression.

Il prend un abaisse-langue, lui fait ouvrir la bouche, puis l'ausculte ; vérifie ses réflexes, prend sa tension, fronce les sourcils.

— Seize-neuf, c'est pas terrible ça. Tu es tendue comme un élastique. L'agence, ça marche ?

— Ça va oui, ça va... Tu sais comment c'est dans ce milieu : marche ou crève. Surtout en ce moment.

— Je te l'ai répété mille fois, tu pousses trop le moteur, il faut te modérer, gronde gentiment le médecin. Les meilleures mécaniques, à force de tirer dessus, on finit par les casser. Tu as prévu des vacances ? Avec Roger ? Vous partez loin ?

D'un geste elle élude la question.

— Ma prise de sang, qu'est-ce que ça dit ?

Georges repasse derrière son bureau, s'assied, tapote sur son clavier et fixe l'écran.

— Bon, alors la bonne nouvelle c'est qu'a priori je ne vois rien de grave. Tout a l'air correct. Glycémie cholestérol et compagnie, c'est parfait. Manque un peu de fer. La mammo est ok. Par contre, il y a quelque chose... Au fait, tes règles, c'était quand la dernière fois ?

— Mes... quoi ? dit-elle sans comprendre.

— Tes règles. Tes menstruations, articule Georges en détachant les mots. Quand est-ce que tu as été réglée pour la dernière fois ?

— Mes règles ? Mais je ne sais plus, moi. Si tu crois que j'ai le temps de m'occuper de ça. Longtemps... Plusieurs semaines... Pourquoi ?

Sourcils froncés, le médecin « scrolle » sur son écran. Elle attend, interloquée. Tout à coup elle le regarde, stupéfaite par l'énormité qui lui vient à l'esprit.

— Mais... Tu ne crois quand même pas... À mon âge ?

— Eh bien oui, s'écrie-t-il, jovial. Je t'avoue qu'a priori moi non plus je n'y aurais pas pensé, mais bon, ça peut très bien arriver à ton âge. En tout cas pour moi il n'y a pas de doute, les résultats sont clairs.

Éberluée, elle fixe le médecin.

— Mais tu sais bien que Roger n'a jamais voulu d'enfant ? À vrai dire moi non plus mais...

Le médecin continue à faire défiler des résultats sur son écran, avant de lancer triomphant :

— Ah mais justement, sur ce coup-là tu peux classer le dossier, c'est un problème qui ne se posera plus. Eh oui ma belle : tes ovaires, eux au moins, ils ont compris et ils se sont mis au repos. Définitif, le repos ! ajoute-t-il, enchanté de son humour, avant de conclure :

— Tu vas pouvoir annoncer la bonne nouvelle à Roger. Il ne veut pas de gamin, eh bien il n'en aura pas. En tout cas, pas avec toi, ça c'est sûr !

Elle est blême.

— Mais... comment... si tôt ?

— C'est vrai, concède le médecin, normalement c'est plutôt autour de la cinquantaine. Tu es un peu en avance, mais la fourchette est large, il y a de grosses variations d'une femme à l'autre. Ça dépend de la génétique.

Son téléphone bipe, Georges regarde sa montre.

— Bon eh bien voilà. Pour le moment si tu n'as pas d'autres symptômes je vais te prescrire un petit complexe vitaminé, et pour la suite on en discute après tes vacances. Dix jours au soleil et il n'y paraîtra plus !

Une porte claque, une voix dans le hall : « bonsoir Chouchou », c'est Roger qui rentre. Vite, vite, elle essuie ses yeux gonflés, enfile un peignoir sexy, relève ses cheveux et remet un peu de gloss.

— Et alors, qu'est-ce qu'il a dit, Georges ?

Elle minaude un peu, se tortille.

— Rien de grave, un peu de fatigue saisonnière, il était juste temps pour le vaccin contre la grippe.

— Ah c'est bien, dit-il, rassuré.

Il a sa serviette sur l'épaule, ses cheveux poivre et sel plaqués en arrière encore humides de la douche, les jambes bronzées dans son short blanc. À cinquante ans, il a la vie devant lui.

La mante religieuse

En France, chaque année, le Ministère de l'Intérieur enregistre la disparition inquiétante de plus de 10 000 personnes.

Un soir il s'est amusé à chercher le terme « disparition » sur Internet. L'article de Wikipédia s'ouvre sur cette phrase digne d'un mauvais polar. Plus de dix mille « disparitions inquiétantes ». Le chiffre l'a laissé songeur, il ne pensait pas avoir autant de camarades. Il s'est gratté le front en relisant la définition : est-ce que sa disparition était *inquiétante* ? Est-ce qu'il rentrait dans les critères ? Il a souri et s'est dit que oui, sûrement. Personne ne s'y attendait. Aucune préméditation, aucun mobile. Pas de maîtresse, pas d'ennemi, une vie rangée. Dans la famille, ça a dû faire l'effet d'une bombe. Ils ont sûrement appelé la police, entamé des recherches. Essayé de comprendre. *Elle* a dû s'inquiéter, puis s'énerver. Puis être furieuse. Et puis très vite, s'organiser. *Elle* n'avait plus besoin de lui de toute façon. Son rôle était terminé.

Il revoit ce fameux dimanche.

*

Il essaye de se rappeler la dernière fois qu'*elle* lui a souri. Quand était-ce ? Pour les dix-huit ans du petit probablement, lorsqu'elle a voulu le convaincre d'offrir une voiture au gamin. Pour la circonstance elle s'était faite enjôleuse, câline comme au début, tout sucre et tout miel. Elle était même venue lui frôler la cuisse, mettre une main sur son épaule. Tu comprends tous ses copains en ont une, et puis il l'a bien mérité. Mérité quoi ? Un gosse qui a redoublé trois fois, qui reste couché devant son ordinateur tout le week-end et qui ne lève pas le petit doigt ? Pour le coup il a refusé. Aussitôt elle a repris sa tête habituelle. La bouche fine comme une ligne, les yeux durs comme deux clous dans la peau tannée par le bronzage, les cheveux blonds plaqués sur la tête ronde et la nuque bien dégagée. Une tête d'insecte. Mille fois il lui a demandé de ne pas se faire couper les cheveux si court, jamais elle ne l'a écouté. C'est plus pratique, ça fait plus jeune. Tu parles. Ce qui faisait plus jeune, c'est quand elle était jeune, avec ses cheveux jusqu'aux fesses. Il se revoit les attraper, tirer sa tête vers lui pour se faire sucer. Elle aimait ça à l'époque. Maintenant il n'y a plus rien à attraper et pour les pipes c'est terminé. C'est juste après la naissance de leur fils qu'elle a commencé à refuser, à trouver des prétextes. À la fin elle a décrété que ce n'était « pas hygiénique ». Quand on s'occupait d'un bébé on ne pouvait pas « avoir la bouche pleine de microbes ». Des microbes, son sperme ? Elle en avait bien voulu pourtant, de ses microbes, pour se faire engrosser. Tout ce cinéma pour tomber enceinte, la baise à dates fixes parce que c'était le jour de l'ovulation, il aurait dû se méfier. Après les pipes qui ont disparu il y a eu les seins qu'il ne pouvait plus toucher. Trop douloureux. Les crevasses, les tensions, les pertes de lait. Il fallait supporter de voir le moutard continuellement pendu à la mamelle et lui tintin, plus rien. Elle avait une belle paire pourtant à ce moment-là, il en aurait bien profité. Il ne lui restait plus qu'à aller se branler aux toilettes. Et après les seins il n'y a eu qu'à terminer le travail : deux trois fois bien calculées pour avoir la gamine puis plus rien du tout. C'était plus simple.

Malgré tout il est resté. Dressé depuis l'enfance à bosser et entretenir une famille. Et puis il n'aurait pas su quoi faire. Partir tout seul dans un studio, donner ses chemises au pressing, se battre avec *elle* et courir la jeunette ? Non merci. Il les a vus, les copains qui ont sauté le pas. Quelques années d'éclate et puis c'est reparti, la fille se roule par terre pour avoir un bébé. Normal, elle a trente ans, elle n'en a jamais eu. C'est ça ou elle se tire. Impossible de refuser. Et on en reprend pour vingt ans. Le revoilà dix ans plus tard, le Don Juan de cinquante ans, avec un nourrisson sur les bras et la tête du type qui fait semblant d'être content. Heureusement il n'est jamais tombé dans ce piège. Il y a bien eu Marlène, la comptable du bureau. Même âge que lui, divorcée, une belle femme, douce et gentille. Une histoire trouble quelque temps puis ça a tourné à rien. Il n'a pas eu le courage. Elle aussi avait des enfants, deux adolescents dont elle avait la garde. Il les a vus quelques fois : gentils, un peu mous, partis pour s'incruster encore des années. Il aurait fallu vivre avec ceux-là, les présenter aux siens, tout reconstruire, avec *elle* qui s'en serait mêlée, qui aurait tout saboté. À quoi bon. Tant qu'à faire autant vivre avec ses propres gamins. Ce n'est pas qu'il les aime pourtant. Le grand est le portrait de sa mère, la bouche mince et les petits yeux durs, exaspérant avec sa mèche blonde qu'il relève sans arrêt d'un geste du menton. La petite est jolie mais ça ne durera pas, déjà elle mange deux fois trop, il lui laisse cinq ans pour s'épaissir. Et bête avec ça, à manger du foin. Pourvu qu'on arrive à la caser rapidement.

Le midi à table, *elle* a profité du repas commun pour claironner à l'attention de son aîné :

— Pour la voiture, ton père ne veut pas.

Le garçon a ricané, le nez dans sa purée, puis regardé sa mère en dessous. Sa sœur qui n'avait rien compris comme d'habitude a lancé :

— Quelle voiture ?

Le silence s'est abattu, on a continué à manger.

Assis à son bureau, il fixe un point. Il joue avec le coupe-papier. Il se demande ce qu'il a fait de travers. Quand est-ce que ça s'est vraiment dégradé ? Comment se fait-il qu'il se retrouve à l'écart, ces trois-là ligués contre lui ? Le soir quand il rentre il les entend comploter, les voix se taisent quand il arrive, on rit derrière son dos. Il a fait ce qu'il fallait pourtant, on ne peut rien lui reprocher. Payé toutes les factures. Signé tous les bulletins. Dit oui à presque tout. Bien sûr il aurait pu s'en occuper un peu plus. Peut-être pas changer les langes comme les pères de maintenant, mais jouer avec eux quand ils étaient petits, s'intéresser à leurs histoires quand ils étaient plus grands, prendre une initiative, organiser quelque chose de temps en temps. Il n'en aurait pas fallu beaucoup sûrement. Mais il n'avait pas l'énergie. Le soir il était fatigué et le week-end il voulait la paix. Il aurait fallu discuter, s'impliquer, négocier avec *elle*. Et puis au fond ça ne l'intéressait pas vraiment. Avant tout il ne voulait pas d'ennuis.

Lorsqu'il s'est rendu compte qu'il était en train de se faire évincer il était déjà trop tard, *elle* avait occupé le terrain, noué avec eux une complicité de hyène. Les enfants c'est comme les chiens, ça s'attache à qui s'en occupe. Quand il a voulu s'approcher déjà ils mordaient. Son erreur a été celle-là : lui faire confiance. S'imaginer qu'*elle* jouerait collectif, qu'*elle* construirait un esprit de famille, qu'*elle* ferait un peu briller l'auréole du pater familias. Après tout c'est pour eux qu'il se décarcassait. Il lui a délégué le boulot et il s'est fait avoir : *elle* a joué solo et *elle* l'a flingué dans le dos. Le plan classique. Et le plus bête c'est que si ç'avait été au bureau il aurait repéré le manège tout de suite. Au travail il est malin, il fait attention. Cabales, manigances, conspirations, il évente tous les mauvais plans et il s'accroche à son poste. Il a résisté à deux rachats et trois restructurations, on le trouve habile. Mais à la maison il n'a pas suivi. Il se reposait sur *elle*.

Il regarde la photo de mariage posée sur son bureau, dans

le cadre qu'*elle* est venue déposer en personne histoire de marquer le territoire. Lui tout fier avec son œillet à la boutonnière, tourné vers *elle* avec son sourire béat. *Elle* sérieuse, décidée, fixant droit l'objectif. Et *elle* au fond ? Est-ce qu'*elle* était amoureuse, au moins les premiers temps ? Ou est-ce qu'*elle* l'a manipulé dès le début ? Il fait une grimace. En vérité il sait très bien. Il a toujours su qu'il n'était pas son premier choix. Qu'*elle* était rentrée de Londres cassée par un chagrin d'amour, une sale histoire avec l'avocat de la boîte. Il était là au bon moment, il l'a consolée, il en a profité pour jouer sa carte. *Elle* a dû faire ses calculs. La trentaine, toute ses amies mariées, la carrière anglaise avortée, l'horloge biologique qui tourne. Il était le brave type qui passe par là. Situation stable, famille connue, le plan parfait pour se caser. Sinon il ne l'aurait jamais eue.

Il pose le coupe-papier. La question maintenant, c'est comment ça va finir. Il pourrait essayer d'être un peu prévoyant pour une fois, d'anticiper. À vue de nez la prochaine étape c'est le départ des gamins. On les traînera jusqu'à ce qu'ils arrivent à avoir un diplôme, pour le grand c'est possible, il a les dents longues il finira son droit ; la petite c'est pas gagné mais on trouvera une école privée de n'importe quoi. Puis il y aura deux mariages. Il voit le topo comme s'il y était. Le ban et l'arrière-ban de *sa* famille qu'il déteste et qui le méprise, *elle* régentant tout en tailleur à carreaux avec ses mollets de coq et un chapeau ridicule, le grand dadais en noir, la petite dinde en blanc, location d'un château à la campagne, chaque fois une année d'économies englouties. Fin du chapitre, disparition de la progéniture. Juste au moment où il arrivera en bout de carrière.

Il restera seul avec *elle*. Des journées entières. *Elle* sera là, incrustée dans l'appartement comme une araignée dans sa toile. Dans sa boîte à *elle* il y a encore de bonnes conditions pour la préretraite, elle l'a déjà claironné partout : dans cinq ans *elle* arrête et *elle* s'occupe de ses petits-enfants. Et le cycle recommencera. Le salon rempli de jouets, les biberons dans l'évier, pleurnichages à tous les étages, odeur de merde et de lait. Et lui tout seul dans son coin.

Il se lève, il ouvre la fenêtre pour avoir un peu d'air. Son cœur bat vite, ses mains tremblent, la tête lui tourne. Finalement il doit se rendre à l'évidence : cette lignée n'est pas à lui. C'est la *sienne, à elle*. En réalité ils n'ont rien de lui, même sa famille a été évincée. Sous prétexte qu'ils habitent en province, on ne les voit jamais. Il est là comme une potiche. Un gardien. Un chauffeur. Un gestionnaire. Soudain tout lui paraît clair. Limpide. Les bobards qu'on lui raconte depuis qu'il est petit garçon. Le pouvoir, la virilité, la carrière, tout ce en quoi il a cru, tout ce pour quoi il s'est battu. La vérité est là : son rôle s'est réduit à féconder deux ovules et à donner son nom, la poudre qu'on jette aux yeux des mâles pour masquer l'arnaque. Pendant qu'il s'agitait à l'extérieur, *elle* assurait la transmission, façonnait l'avenir. Bien sûr *elle* travaillait aussi mais *elle* n'a jamais perdu de vue son objectif, celui pour lequel elle est programmée : sa descendance. Et dire qu'il la plaignait, qu'il se sentait même coupable parfois. La société qui était injuste, les femmes qui faisaient double journée et tout ce blabla de victimes. Tu parles. C'est elles qui ne lâchent pas, qui ne lâcheront jamais. Elles sont cinquante pour cent de la population, elles tiennent les familles et la société en main : si elles le voulaient elle serait faite depuis longtemps, la révolution. Elles les auraient, les crèches, les horaires, le partage des tâches. Mais elles préfèrent se plaindre et tout régenter en sous-main. Au fond ce sont elles qui perpétuent le système. Parce qu'elles savent que le seul vrai pouvoir est là et que ce sont elles qui l'ont : procréation, perpétuation de l'espèce. La moindre fleur, le moindre insecte, la moindre bactérie, la nature entière le crie, c'est gros comme une maison.

Il se rassied à son bureau, repousse une pile de papiers. Le dossier Giraud-Consigny. Encore une belle affaire, tiens, cette histoire d'enfant adultérin. Toujours le même scénario. Et le pauvre Giraud qui ne se doutait de rien. Car en plus elles mentent, personne ne s'imagine à quel point. Dans ses dossiers il a fait le calcul, presque dix pour cent de bâtards. Un pauvre type sur dix trime sans le savoir pour des gènes qui ne sont pas les siens. Elle est belle, la domination masculine. Ils sont beaux, les maîtres du monde. Quand il a réalisé l'ampleur du phénomène il s'est posé la question. Quelques mois de parano à observer ses gamins sous toutes les coutures, à guetter la ressemblance ou la dissemblance. L'aîné est de lui c'est clair, le nez camus et les oreilles en chou-fleur ne trompent pas. La petite c'est moins sûr. Il fait la grimace : trop jolie, trop brune, les filles n'ont pas cette allure de son côté. Il a eu des soupçons, envisagé des recherches. Puis il a laissé tomber. Il a eu la flemme. Qu'est-ce que ça change au fond.

Entre-temps le soir est tombé, les lumières se sont allumées dans la rue. Un léger brouillard flotte devant la fenêtre toujours ouverte. Il a la tête dans les mains quand le téléphone retentit. La sonnerie grésille drôlement dans le bureau vide. C'est *elle*.

— Qu'est-ce que tu fiches ? Tu passes la soirée au bureau le dimanche maintenant ? Tu as oublié qu'on devait conduire la petite au centre équestre après le dîner ? Ça fait une heure qu'on t'attend. On commence sans toi.

— Oui c'est ça, commencez sans moi.

Une vengeance

Il remonte la fermeture Éclair de son sweat-shirt, enfonce les poings dans ses poches. Cette fois c'est terminé. Elle va voir ce qu'elle va voir.

Trois mois maintenant qu'elle me balade, trois mois qu'elle se fiche de moi. Ça suffit. Dans la classe tout le monde a pris mon parti. Ils le voient bien, que je souffre. Tous, ils le voient – tous sauf elle. Tim et Arthur sont même allés le lui dire, que j'en pouvais plus, qu'il fallait faire attention, que j'allais finir par faire une bêtise. Depuis le début j'en suis dingue. J'ai claqué tout mon argent de poche en cadeaux, changé de coupe de cheveux, campé devant son vélo, rien à faire, elle me nie. Son excuse ? Toujours la même : mes parents tu comprends, ma religion, et puis mon frère qui me surveille. Qu'elle puisse pas coucher, je le sais bien et je m'en fous. Je suis prêt à l'attendre, je le lui ai dit. Jusqu'à ses dix-huit ans, jusqu'à ses vingt ans, toute la vie si elle veut. Le sexe, pour ce que j'en ai à faire. Ils comprennent pas ça les vieux, ils croient qu'on est obsédés comme eux, comme papa qui sème des capotes dans ma chambre, comme maman qui prend son air gêné pour dire qu'elle doit me parler. C'est pas ça qui m'intéresse moi, et puis je veux que ça soit elle ma première. J'ai même pensé aller voir son père, lui expliquer mes intentions. Je lui veux rien de mal à votre fille, je la respecte trop, je lui aurais dit. On a quinze ans, on veut juste s'embrasser, écouter de la musique, rentrer du lycée ensemble. C'est mal ça ? C'est mal, peut-être ? En quoi c'est mal, hein, en quoi ? En quoi, Monsieur, en quoi, en quoi ?

Des larmes coulent sur son visage, traçant des sillons gris sur ses joues pleines de poussière. Il les efface de l'avant-bras, renifle, passe une main tachée de stylo-bille dans sa tignasse. Cela fait quatre heures maintenant qu'il marche au hasard dans la ville. Avant de partir, il a balancé une photo et un message sur Instagram, destiné à elle seule mais lisible par tous : « Quand je serai mort, tu comprendras peut-être ». Puis il s'est déconnecté, a éteint son téléphone.

Elle a pas voulu que j'aille voir son père. Il m'aurait tué, elle m'a dit, il nous aurait tués tous les deux : son frère nous avait déjà balancés, le salaud. Ce sale petit morveux. À douze ans, avec sa tête à claque et ses cheveux gominés, il surveille sa sœur. Et lui, j'ai dit, lui, il doit rester sage aussi, ton petit frère chéri ? Non, lui, il fait ce qu'il veut, tout le monde le sait. Comment elle supporte ça Myriam, je comprends pas. Quand je lui en parle elle fait la moue, elle secoue ses longs cheveux. Tu peux pas comprendre, elle me lance. En attendant, à cause de lui elle a jamais porté la bague que je lui avais ramenée de vacances, une bague en vrai or plaqué achetée à l'aéroport, maman m'avait prêté l'argent, elle m'avait aidé à choisir. C'est pour cette fille ? elle m'avait demandé. Fais attention tu sais, c'est pas la même éducation. Quel rapport avec l'éducation ? Depuis le premier jour où elle est entrée dans la classe, j'ai vu qu'elle, j'ai voulu qu'elle, avec ses yeux noirs et ses cils de trois kilomètres. Ce sera elle ou personne. Quand j'ai montré sa photo à papa, parce qu'il m'avait entendu parler d'elle et qu'il m'avait harcelé pendant tout le dîner, il s'est foutu de moi. Ah, la petite grosse, il a dit. Le sale con. Le sale vieux con. Il croit qu'il connaît l'amour, avec ses trucs dégueulasses de vieil obsédé. Et lui il s'est vu, comment il fait le beau avec ses chemises à fleurs et ses séries d'abdos, pour plaire à la blondasse qui a trente ans de moins que lui et qui se prend pour ma sœur ? Mais de moi, il sait rien. Rien de ce que je ressens, rien de ce que je vis. Ça l'intéresse pas de toute façon. Lui aussi, tiens, ça lui fera les pieds que je disparaisse.

Le soir commence à tomber. Un à un les éclairages publics s'allument. Avec la sortie des bureaux le trafic augmente, on roule pare-chocs contre pare-chocs sur les avenues de plus en plus larges au fur et à mesure qu'il s'éloigne du centre. Il ne sait plus exactement où il est et se force à ne pas lire les noms de rues. Il marche vite, tête baissée, se cognant contre les passants.

Pas la même éducation. Mais si justement ça me plaît, à moi, qu'elle soit différente ? Qu'elle se croie pas obligée de porter trois couches de fond de teint, qu'elle montre pas ses fesses à tout le monde ? De toute façon, même comme ça, elle est mille fois plus belle que les autres, surtout quand elle marche, on dirait qu'elle danse. Des fois j'ai l'impression qu'elle le fait exprès pour m'allumer. Elle ralentit quand elle passe devant moi, elle surveille si je la regarde, mine de rien, sous ses paupières baissées. J'avais tout misé sur le voyage scolaire. Je m'étais dit qu'on aurait plus de temps, que ce coup-ci il y aurait pas de petit frère, pas d'obligation de rentrer juste après l'école, que je trouverais bien le moyen d'être seul avec elle pour lui dire que je l'aime. Pendant des semaines j'ai attendu ce voyage. Mais rien, j'ai pas pu rester en tête-à-tête avec elle une seconde. Quand j'ai essayé de parler à ses copines elles m'ont dit que je perdais mon temps, que Myriam, elle sortirait avec personne avant le mariage. Elle veut se garder pure pour son mari alors bonne chance, qu'elles m'ont dit. Pourtant elles ont dû tout lui raconter parce que l'après-midi, j'en revenais pas, elle s'est mise près de moi pendant la visite du musée et elle m'a pris la main. J'avais le cœur qui battait à cent à l'heure. J'ai laissé le groupe s'éloigner et j'ai traîné exprès derrière avec elle pendant que Lambert expliquait les tableaux. Nous, on n'écoutait rien, on serrait nos mains, la sienne était petite et chaude dans la mienne. Vingt mai deux mille treize, le plus beau jour de ma vie. Après, quand on est montés dans le car, j'ai voulu m'asseoir à côté d'elle mais elle m'a évité, elle s'est mise tout devant avec ses amies et elle a fait comme si de rien n'était. Je l'ai même entendue rigoler avec Camille et Mélissa, elles me regardaient en coin toutes les trois comme si elles se foutaient de ma gueule. J'ai serré les dents et j'ai donné un coup de poing dans le fauteuil du car, le cendrier s'est détaché et c'est là que j'ai été puni.

Depuis qu'il est parti, il n'a rien mangé. La tête lui tourne un peu. Il s'arrête devant une épicerie tenue par un Turc, une enseigne rouge et verte tourbillonne dans la vitrine : « open, open, open ». La faim lui tord le ventre, il hésite à s'acheter quelque chose. Mais à quoi bon maintenant ?

À cette heure-ci, maman doit m'attendre pour le dîner. Pauvre maman, elle est sûrement morte d'inquiétude. Et dire que c'est à elle qu'on ramènera mon corps. Elle se donne de la peine pourtant. L'autre jour, elle a vu que je pleurais encore, elle est venue me parler dans ma chambre, me dire que ça passerait, qu'il fallait aller de l'avant, que j'oublierais cette fille. Elle l'appelle toujours cette fille, elle l'aime pas je le sais. Pauvre maman avec ses histoires. Et elle, elle l'a oublié papa ? Elle croit que je la vois pas, avec sa tête d'enterrement un jour sur deux et sa mâchoire serrée quand elle me demande si tout va bien de l'autre côté, si papa ça va avec la blondasse ? Et les soirées où elle sort super maquillée, où elle sifflote pendant trois jours avant de se remettre à tirer la tronche, elle croit que j'ai pas compris peut-être ? Pauvres vieux. Tout ce gâchis, toute cette agitation, et tout ça pour être malheureux chacun de son côté. Et qui paye les pots cassés à la fin c'est moi, toutes les semaines à déménager avec mon sac de sport, mes deux chambres, mes stages par-ci mes vacances par-là, et ces histoires d'horaires tout le temps, et vas-y que je suis chez lui, et vas-y que je retourne chez elle. Tu sais les miens s'engueulent tous les soirs m'a dit Tim, et c'est pas mieux, crois-moi. Peut-être, mais moi je veux pas de ça pour mes gosses, pour rien au monde. C'est pour ça aussi que je l'aime, Myriam. Parce que je sais que c'est une fille sérieuse, qu'avec elle si on se marie ça sera pour toujours, pas pour tout foutre en l'air après dix ans.

Cette fois il est vraiment perdu. Il s'arrête. La nuit est tombée, les voitures roulent à toute allure sur l'immense boulevard. Les piétons se font rares. Un bon endroit pour réaliser son plan. Maintenant tous ont dû lire le message sur Instagram. Elle aussi sûrement. Ses mains tremblent tandis qu'il rallume son téléphone. Juste pour voir.

Tim et Arthur douze appels. Ben huit appels. Camille trois appels, Mélissa deux appels. Maman dix-huit appels. Tiens, papa, quelqu'un a dû le prévenir. Et elle ? Rien. Rien ! Rien ! C'est pas possible, si Camille et Mélissa m'ont téléphoné, elle est forcément au courant. Et elle prend même pas la peine de m'appeler. Donc c'est bien ça, elle se fout de moi, elle s'en fout que je meure. Peut-être même que ça l'arrange. Peut-être que Ben s'est pas trompé quand il a cru la voir derrière le parking avec un grand de terminale. J'ai pas voulu l'écouter et il était pas sûr, elle était de dos, il a juste reconnu ses cheveux, une fille qui roulait un patin à un type sur une mobylette. Si ça se trouve il avait raison Ben, tout le truc, la religion, la famille, c'était juste pour me faire marcher. Quand j'ai posé la question à Myriam elle m'a demandé si je la surveillais moi aussi, comme son frère. C'est seulement pour savoir la vérité, je lui ai dit. Si tu m'aimes pas tu peux me le dire, je préfère. La vérité, j'ai supplié, la vérité, dis-moi juste la vérité. Elle m'a pas répondu, elle a rigolé et elle est partie. Ah ça t'amuse de faire souffrir les gens. On verra comment tu seras à mon enterrement. Peut-être que là tu la porteras, ma bague.

Il claque des dents maintenant. Il est glacé, tout le sang s'est vidé de sa tête. D'un regard il évalue le trafic : juste devant, une accalmie, un feu bloque les voitures loin en amont. Le feu passe au vert, la masse des véhicules s'élance comme un troupeau de buffles au galop. On entend déjà les moteurs rugir. Il rabat la capuche de son sweat-shirt sur ses yeux, compte dans sa tête. Un, deux... À trois, il se jette sur la chaussée.

Sororité

Elle avait la vision floue et le souffle court. Pour la dixième fois, Françoise essuya d'un revers de main la sueur qui coulait dans ses yeux, écarta ses cheveux trempés sur son front. Son cœur cognait dur dans sa poitrine. Manquerait plus que je fasse une crise cardiaque ici, se dit-elle.

La vapeur qui jaillissait d'une buse sous le banc de marbre dessinait de longues volutes dans l'air avant de se répandre en épais brouillard blanchâtre. En face du banc, un évier, en marbre lui aussi. Deux robinets en laiton tarabiscoté – chaud, glacé – gouttaient dans un seau. Posée sur la margelle, une rangée de bols en plastique multicolore ; au sol, quelques tabourets sur lesquels on distinguait les silhouettes trapézoïdales des matrones accroupies.

Une des femmes du groupe, justement, se levait. Tout en continuant à jacasser avec ses consœurs, elle marcha pesamment vers l'évier et saisit l'un des bols, le remplit à plusieurs reprises dans le seau pour le renverser sur sa tête, son ventre et ses épaules. Ruisselant dans un grand clapotage sur les plis de chair bistre, le fluide donnait à sa peau des reflets luisants d'animal marin. Le bain de l'éléphante, pensa méchamment Françoise. À l'exception d'une culotte en coton détendue et trempée, la baigneuse ne portait rien. Ballottant jusque sur son ventre, deux mamelles larges et plates aux aréoles brunes s'étalaient comme des besaces vides. Françoise se tourna vers Juliette.

— J'en peux plus, j'y vais aussi.

Un peu gênée, elle se leva, marcha jusqu'à l'évier. C'est elle qui se sentait ridicule maintenant, avec son ventre concave, son bas de bikini rose et ses seins refaits, absurdes obus plantés sur son torse maigre. Un blanc de poulet, ricana-t-elle intérieurement. Un blanc de poulet aux hormones.

Personne, cependant, ne lui jeta un regard. Allongées au bout du banc, un bras replié sous la nuque, deux jeunes femmes continuaient à discuter tranquillement, nullement incommodées par la chaleur. Du coup d'œil acéré qui était chez elle un réflexe, Françoise avait immédiatement scanné leur physique : âge, taille, poids ? Valeur sur le marché de la séduction ? Avec dédain, elle avait noté les hanches larges, les cuisses fortes, la poitrine lourde. Pas de doute, ces deux-là affichaient déjà les prémices de ce qu'elles seraient quelques années et quelques enfants plus tard. Des épouses. Des mères. Pendant une minute, elle avait tendu l'oreille : de quoi pouvaient-elles bien parler ? De maris, de cuisine bien sûr. Encore des « voilées » qui passaient leur temps cloîtrées chez elles, entre couscous et marmaille. Mais elle avait été surprise, presque vexée, de les entendre évoquer leur vie professionnelle – la hiérarchie, de nouvelles responsabilités, les étapes d'une carrière. Elles avaient donc une vie comme la sienne, ces bonnes femmes ? Une vie avec des collègues, des dossiers, un salaire ? Décidément, elle qui se proclamait féministe, elle avait la sororité sélective... Elle chassa l'idée avec irritation, haussa les épaules.

Imitant la vieille, elle remplit un bol d'eau glacée et s'aspergea maladroitement, deux, trois fois. Assise en face d'elle, les bras entourant les genoux, la tête appuyée contre le mur, Juliette lui sourit. Françoise fut soulagée de ne pas lire dans les yeux de sa fille le dégoût qu'elle avait craint d'y voir. Juliette avait vingt-cinq ans, elle vivait de son côté, cela faisait une éternité qu'elles ne s'étaient plus vues nues. Non que Françoise fût spécialement pudique. Mais elle se rappelait avec quelle gêne elle avait subi, enfant, le spectacle de sa mère sous la douche. Cinquante ans plus tard, la seule évocation de cette grande femme austère, aux cheveux courts et au nez aquilin, lavant à grands cercles de gant de toilette un inquiétant buisson noir, lui donnait encore la nausée. À vrai dire elle n'avait jamais compris la manie de se doucher devant une enfant chez cette bourgeoise coincée. Perversion ? Exhibitionnisme inconscient ? C'était d'autant plus curieux que son père, lui, prenait pour cacher la petite saucisse pendue entre ses jambes des précautions aussi extravagantes que s'il se fût agi du trésor des Templiers.

Elle se revit, gamine aux grands yeux attentifs, assise sur le petit tabouret qu'on lui installait dans la salle de bains, un livre d'images sagement posé sur les genoux. Le carrelage immaculé, la baignoire en émail, le bidet – et puis cette vue. Cette horrible vue en contre-plongée. Deux jambes massives, larges comme des piliers d'église, et le buisson fendu au milieu, dont dépassaient des pans de chair brunâtre. Comme c'était étrange. C'est de là qu'elle venait pourtant. Oui, c'est dans ce ventre-là qu'elle avait pris forme, entre ces cuisses-là qu'elle avait vu le jour, de ce mollusque brun qu'elle était sortie. Et maintenant sa fille était là, née elle aussi de son ventre et de son sexe. Mais oui. C'est ainsi qu'elle se perpétuait, la chaîne des femmes. De temps en temps, un garçon venait interrompre le cycle, sorte d'accident génétique qui grandissait de son côté avant de foutre le camp, avec ses poils sa bite et sa barbe, pour aller ensemencer un autre corps. Mais le vrai lignage il était là, dans cette succession de ventres qui se transmettaient en silence le secret de la vie. Jamais elle ne l'avait ressenti aussi clairement que dans ce lieu.

C'est Juliette qui avait eu l'idée de cette après-midi au hammam. « Entre filles » avait-elle glissé à sa mère avec un clin d'œil. Recommandé par « une pote rebeu », l'endroit était situé en plein quartier turc, au sous-sol d'un immeuble banal. Ouverte sur la rue, la porte du rez-de-chaussée donnait dans un hall peinturluré où s'affichaient tarifs et horaires. Jours des hommes, jours des femmes. Deux mondes séparés, ça avait le mérite d'être clair. Arrivée en avance, Françoise avait attendu Juliette sur le trottoir, un peu mal à l'aise, observant le mouvement de la rue et les femmes qui entraient par groupes de deux ou trois, un panier au bras. Tout en poursuivant leurs conversations, elles tendaient quelques euros à la réceptionniste, achetaient un sachet de savon noir et franchissaient une porte vitrée. Passé le seuil, on pénétrait dans une salle étroite garnie de banquettes colorées, de coussins et de petites tables, encore vide en ce début d'après-midi. Dans un coin, un comptoir derrière lequel s'ouvrait une cuisine. Un peu plus loin le vestiaire, simple local aux murs blancs muni de casiers, bancs et miroirs. Françoise et Juliette s'y étaient déshabillées avant d'emprunter à leur tour, un paréo autour des reins, l'escalier qui descendait aux bains proprement dits. Un couloir ouvrait sur les différentes salles : vapeur, douches, massage. Déjà à pied d'œuvre, quelques clientes circulaient nonchalamment d'une pièce à l'autre. Loin des regards masculins, les corps évoluaient sans chichis, avec un naturel qui surprenait. Pas de doute, les femmes étaient ici chez elles...

L'eau glacée avait fait du bien à Françoise. Elle rendit son sourire à Juliette et vint se rasseoir à ses côtés. Autant qu'elle, mais pour d'autres raisons, sa fille dénotait dans cet univers de harem, avec ses tatouages, ses piercings et ses cheveux rasés. Quelques années auparavant, Françoise n'avait d'ailleurs jamais compris pourquoi, Juliette lui avait annoncé son intention de changer de sexe. Devenir un mec, prendre des hormones, se faire enlever les seins qui « la faisaient chier ». Françoise avait accueilli la nouvelle avec consternation. Son incompréhension était totale. Mais quelle mouche avait donc piqué sa fille ? Jeune, jolie, douée, elle avait le monde à portée de main, qu'espérait-elle trouver dans l'univers des hommes ? Elle était gouine, peut-être ? Même pas, elle aimait trop les garçons, avait souri Juliette. Alors, quoi ? Avec tout ce qu'on lisait, les histoires de genre et tous ces trucs, ça avait dû lui tourner la tête... Soucieuse de faire preuve d'ouverture, Françoise avait tenté d'écouter, avant de prêcher maladroitement la cause de son sexe. Un peu dépitée, d'ailleurs, de ne pas trouver autant d'arguments qu'elle l'aurait souhaité pour lui vendre les avantages d'une vie au féminin. Mis à part les joies de la maternité (mais fallait-il toujours en revenir là ?) elle avait dû chercher, s'enferrant dans des circonvolutions pitoyables. Heureusement, Juliette avait abandonné cette lubie. Elle s'était contentée de modeler son corps selon des critères étranges – des trous, des signes, des bijoux incrustés dans la peau, une vraie princesse barbare. Mais mon dieu qu'elle était belle. Tout chez elle était fraîcheur, bourgeon, promesse. Tout était neuf, pur, sans autre destination que le plaisir des yeux. Rien d'utilitaire. Rien d'usé. Rien de fonctionnel. Une fleur dans un champ, belle pour rien et pour personne. Ah elle avait bien le temps. Il lui viendrait bien assez tôt, le corps distendu, écartelé, ouvert, recousu, le corps nourricier, vergeturé, abîmé, le corps machine à procréer.

Elle se rappela le père de Juliette – ses simagrées la seule fois où il avait dû subir un examen de la prostate. Ça l'avait bien fait rire, Françoise, tout ce cinéma pour un doigt dans le cul. Et nous alors ? Nous à qui, dès l'adolescence et toute la vie durant, on enfile doigt, gant, sonde, spéculum, écouvillon, et toute la quincaillerie du gynéco! Sans oublier les tampons, stérilets, crèmes, gels, ovules, capotes. Sans même parler, pour celles qui ont cette joie, de la grande boucherie de l'accouchement : forceps, ventouse, incision, déchirure, suture et tout le toutim. Ah c'est qu'il en passe, chez nous, du monde et du matos. Comme dans un moulin, qu'on y entre, dans le sexe des femmes. Mieux vaut se faire à l'idée dès le début : ce n'est pas de notre intimité qu'il s'agit, mais d'une mécanique dont le fonctionnement doit être tenu à l'œil. La société tout entière est là pour veiller à l'usage de notre vagin, de notre utérus et de nos ovules : curés, médecins, imams, rabbins, juristes, politiciens, sociologues, biologistes, chimistes et pharmaciens, tous là pour disserter, surveiller, étudier, légiférer sur l'outil de production et les conditions de son utilisation. Ce qui est juste, ce qui ne l'est pas. Ce qui est pur, ce qui ne l'est pas. Ce qui est éthique, ce qui ne l'est pas. Ce qu'on a le droit de vendre, de prêter, de louer, de donner, de congeler, ou pas. Il ferait beau voir qu'on fasse tout ce cirque avec leur bite et leur sperme, à nos amis les hommes. Chez eux, tu parles, c'est je sème à tout vent, avec la gloire en plus.

La porte s'ouvrit. À travers la vapeur, une vieille femme au visage boucané, les cheveux enturbannés dans un foulard multicolore, passa la tête :

— Massage ! dit-elle en pointant un index dans la direction de Françoise et Juliette. Elles se regardèrent.

— Allez vas-y, maman, rigola Juliette.

Françoise se leva et suivit la vieille. Le long du couloir c'était maintenant la cohue, des groupes de femmes attendaient leur tour, une serviette roulée autour des hanches. Un grand brouhaha d'exclamations, d'interpellations et de rires résonnait sous le plafond voûté. On se passait un pot de rhassoul, un gant de crin, on commentait les dernières nouvelles. Manifestement elles se connaissaient toutes, de près ou de loin. À nouveau, Françoise ressentit un pincement de jalousie. Comme elle se sentait seule tout à coup. Comme elle lui faisait envie, cette chaude ambiance de gynécée. Comme il devait faire bon se laisser grossir et se vautrer dans cet univers clos. Comme il devait être reposant d'avoir une place assignée, des règles claires, un destin tracé. Suivre la loi. Ne pas se poser de questions. Oui, c'était ça, faire ce qu'on attendait de vous, faire de son mieux et passer la main, sereine, heureuse d'avoir fait le boulot. Mourir sans tourments après avoir rempli son devoir, entourée de sa famille, comme une vache qui se couche dans l'étable.

— Couchée ! lança la femme en désignant une table en pierre.

— C'est ça, ricana-t-elle intérieurement, tandis que la vieille entreprenait de lui arracher la peau du dos à grands coups de gant de crin et que son menton martelait le marbre. C'est ça. Et revenir à la féminité ancestrale. Se laisser pousser les poils des jambes. Allaiter pendant deux ans. Torcher des gamins dans des langes en lin brut après avoir pelé des légumes bio. Compter les jours de son cycle pour baiser, vivre au rythme de ses menstrues et danser sous la lune. Et puis quoi encore.

— Tourne ! lança la vieille.

Heureusement que Juliette n'était pas tombée dans cette mouvance absurde. Juliette qui prenait la pilule sans état d'âme depuis ses quinze ans, qui voyageait seule avec un t-shirt et un sac à dos, qui faisait l'amour quand elle voulait, avec qui elle voulait – Juliette était libre. Et c'est pourquoi Juliette allait en baver. Le cœur de Françoise se serra. Oui, s'il y avait une chose claire, c'était bien celle-là : sa liberté, Juliette allait la payer. D'une manière ou d'une autre. Surtout si elle se mettait en tête de procréer à son tour. Bien sûr, il était là le tournant : l'enfant. Jusque-là on vous laissait rigoler – pas trop longtemps quand même, il ne fallait pas exagérer. De toute façon il suffisait d'attendre : à un certain moment l'horloge biologique se mettait en marche et alors c'était simple, il ne restait plus qu'à cueillir l'égarée. Souvent trop heureuse de rentrer dans le rang d'ailleurs.

— Assise ! dit la vieille en lui assénant une tape sur les fesses. Françoise se redressa. Pour la première fois, les deux femmes se retrouvèrent face à face. Leurs regards se croisèrent. Elles se sourirent. Comme si elle avait lu dans ses pensées, la vieille lui désigna du menton la salle de vapeur :

— Ta fille ?

— Oui...

— Belle ! Quel âge ?

— Vingt-cinq.

— Mariée ? Enfants ?

— Non... Pas encore, se sentit obligée d'ajouter Françoise.

— Bientôt ! conclut la vieille avec un clin d'œil qui se voulait consolant, avant de saisir un bocal et de lui désigner, par signe, son visage. Françoise lança des regards perdus autour d'elle.

— Le gommage, l'argile, commenta une femme qui passait par là.

— Ah ! dit Françoise, écartant ses cheveux. Plongeant deux doigts dans le bocal, la femme lui étendit de larges traits d'une boue verte sur le front, le nez, les joues, avant de lui taper sur l'épaule : fini ! Françoise regagna la salle de vapeur. Lorsqu'elle ouvrit la porte, titubante, seminue, la peau à vif et le visage grimé de boue, Juliette éclata de rire.

— Oh maman ! s'amusa-t-elle, on dirait que t'as fait la guerre !

Mais déjà la vieille enturbannée lui faisait signe de la suivre à son tour.

Sa fille partie, Françoise se détendit. Les deux jeunes femmes avaient quitté la pièce, elle s'enhardit jusqu'à s'allonger sur le banc. Mieux accoutumé à la chaleur, son corps avait cessé de résister. Tous ses pores s'ouvraient, laissant couler une sueur fluide qui entraînait avec elle miasmes et toxines. Ses pensées elles aussi s'écoulaient plus libres. La guerre. Bien sûr qu'elle l'avait faite, la guerre.

Elle n'avait que trois ans quand Valérie était née – et

pourtant elle avait tout de suite compris. D'instinct déjà elle avait flairé l'arnaque lorsque sa mère, le ventre gros, lui avait annoncé d'une voix mielleuse l'arrivée prochaine d'un « cadeau » – une petite sœur, une camarade, une compagne de jeux avec qui elle allait pouvoir tellement s'amuser. S'amuser, tu parles. Lorsque son père l'avait soulevée dans ses bras, à la clinique, pour lui montrer le contenu du berceau, elle n'avait pas vraiment saisi en quoi ce vermisseau rougeâtre la concernait. Mais ce qui avait très vite été clair, c'est que depuis l'arrivée du « cadeau », on ne lui passait plus rien. Du jour au lendemain, elle était devenue « grande ». Il fallait être « grande », faire comme une « grande ». Si le « cadeau » pleurait, on accourait. Si elle pleurait, c'était un caprice. Si le cadeau se chiait dessus, on nettoyait en roucoulant. Si elle pissait dans sa culotte, c'était la fessée. Et tout à l'avenant. Après quelques semaines, quand elle avait réalisé qu'on ne renverrait pas le braillant paquet à l'expéditeur, ç'avait été la guerre. La guerre pour tout, tout le temps.

Une guerre que les parents avaient toujours attisée, de manière à la fois subtile et grossière. Parlant de l'une à l'autre et de l'autre à l'une. Montant en épingle les qualités de l'aînée devant la cadette, les exploits de la cadette devant l'aînée. Pour survivre, il avait fallu se diviser le terrain selon leurs critères, peaufiner le duo de parfaites petites perruches à exhiber. L'une était brune, l'autre blonde. L'une serait jolie, l'autre l'intelligente. L'une matheuse, l'autre littéraire. L'une bavarde, l'autre silencieuse. Très vite elles avaient intégré le système : lorsque l'une investissait un espace, l'autre s'en retirait, histoire de ne pas occuper le même territoire. Cela allait jusqu'à la ressemblance physique : Valérie était « son père tout craché », Françoise avait « pris de sa mère ». Valérie était « cent pour cent Marchal » tandis qu'elle était « complètement Piron ». Ainsi chacun avait la sienne. Se rendaient-ils compte, les vieux, de ce qu'ils faisaient ? Qu'est-ce que c'était, diviser pour régner ou simple bêtise ? Françoise n'avait jamais vraiment su.

À l'adolescence, les différences s'étaient creusées, la rivalité accentuée. Des histoires de garçons étaient venues s'en mêler, compliquant encore la relation ; et l'apprentissage de la séduction s'était fait pour les deux sœurs dans ce climat pesant de compétition larvée. Finalement, dans une forme d'entente tacite, elles avaient choisi de s'ignorer. On n'allait pas gâcher le tableau familial avec des scènes : un silence glacial, ponctué uniquement d'échanges pratiques, s'était installé entre elles.

Ah comme elle avait haï Valérie. Comme elle avait bêtement haï celle qui n'y était pour rien, attachée à la même chaîne, faisant tourner jour après jour le même moulin de vanité parentale. Et dire qu'il lui avait fallu la perdre pour comprendre, pour se rapprocher, pour apprécier sans préjugés cette autre femelle née du même ventre. La perdre pour réaliser que tout ce petit jeu n'était que le reflet de celui que la société leur imposait à toutes : se comparer, se jalouser, se détester, se combattre.

La porte s'ouvrit et Juliette entra, le visage également barbouillé d'argile.

— Dis donc elle y va fort la vieille, avec son massage, s'exclama Juliette avant de s'allonger elle aussi.

Elle s'était mise en quinconce à l'autre extrémité du banc, sa tête contre la tête de sa mère. Les yeux fermés, Françoise étendit un bras, déposa une caresse sur le crâne tondu de sa fille. Les quelques millimètres de cheveux ras lui chatouillèrent la paume, doux et drus comme un gazon. Une vague d'émotion la submergea. La petite tête chauve de Juliette ! Cette petite tête comprimée, aux yeux fermés, à la moue concentrée, qu'appuyée sur les coudes, sur la table d'accouchement, haletante, stupéfaite, elle avait vu surgir entre ses jambes avant que les épaules ne passent et que, les reins arqués, dans un grand cri et une dernière poussée, elle ne l'expulse entre les mains gantées du toubib : « Une belle petite fille ! »

Un bruit étrange vint interrompre le fil de ses pensées. C'était dans le couloir tout un remue-ménage d'exclamations, de pas précipités, de cris étouffés et de portes claquées. Brusquement, celle de la salle de vapeur s'ouvrit à la volée. La vieille enturbannée venait de surgir, glapissant quelque chose d'incompréhensible.

— Un homme ! Vite, se cacher ! traduisit l'une des femmes, montrant sa serviette.

Interloquées, Françoise et Juliette attrapèrent leur paréo et suivirent le mouvement. Comme une volée de moineaux, dans un grand claquement de savates, les clientes du sous-sol s'étaient dispersées pour se dissimuler, qui dans les douches, qui dans les toilettes, qui dans les coins les plus reculés des locaux, un vêtement de fortune serré contre la poitrine. Entraînées par leurs voisines, Françoise et Juliette se retrouvèrent plaquées contre une paroi entre deux femmes hilares. Devant leur air médusé, l'une d'elles consentit enfin à leur expliquer la situation.

— C'est l'électricien. Il ne pouvait pas venir le jour des hommes. On a besoin de lui pour une réparation urgente et il doit passer par ici. Ne vous inquiétez pas, il ne vous verra pas, ajouta-t-elle rigolarde, tandis que l'autre commère éclatait de rire.

Au même moment, un spectacle sidérant s'offrit à leur vue. Descendant l'escalier à tâtons, les bras tendus devant lui, un homme, un seau renversé sur la tête le coiffant jusqu'aux épaules tel un heaume, progressait d'un pas incertain – guidé, ou plutôt, houspillé comme une bourrique, par la vieille enturbannée. Des remarques fusèrent, drôles sans doute car les spectatrices enhardies éclataient de rire, battant des mains, se tapant sur les cuisses, se relançant l'une l'autre. Mais le plus comique restait à venir. Lorsque l'étrange attelage s'engagea enfin dans le couloir, ce fut comme un signal : d'un coup, une immense salve de youyous éclata. Stridente, énorme, jubilatoire, jaillissant des quatre coins du sous-sol, la clameur vengeresse s'élevait, retombait, rebondissait et se démultipliait contre les parois tandis que l'individu affolé tournoyait sur lui-même, aveugle, hagard, les bras battant le vide, grotesque Don Quichotte affolé sous son casque. Serrées contre leurs complices, Françoise et Juliette riaient de bon cœur, s'essayant au youyou une main devant la lèvre. Enfin, triomphale, la vieille calma le chahut d'une main de chef d'orchestre et, d'une bourrade, poussa sa victime en avant. Ils disparurent derrière une porte.

— Encore un qu'on ne verra plus. Le dernier qui est venu, il a eu trop peur, il n'a jamais voulu revenir, lança en riant une femme derrière elles, tandis qu'elles retournaient s'installer dans la salle de vapeur.

— Le pauvre, s'amusa Juliette.

Françoise acquiesça en souriant. Qui sait quelle tête il faisait sous son couvre-chef, le brave type. Enfin, brave, on n'en savait rien, au fait. Si ça se trouve c'était un monstre patibulaire, un tyran domestique qui battait sa femme et cloîtrait ses filles. Ah il ne faisait plus tant le malin, le mâle dominant, séparé de ses petits camarades et entouré d'une bande de femmes déchaînées. Au fond c'était l'image parfaite de la lâcheté masculine. La lâcheté masculine, oui...

C'est pile un mois après la naissance de Juliette qu'on avait découvert la tumeur de Valérie. Cancer du col de l'utérus. Faux négatif au dernier frottis – repéré trop tard. Mal placé, inopérable, déjà des métastases partout. Les médecins lui donnaient un an, et encore. Valérie n'avait pas d'enfant : sinistre ironie, ce ventre qui n'avait jamais porté la vie lui apportait la mort.

Le mari de Valérie avait réagi très vite : en rentrant d'un rendez-vous à l'hôpital, la malade avait trouvé un post-it sur la table du salon. « Pas capable. Pardon. » Dans les placards, toutes ses affaires avaient disparu.

Il n'avait fallu que quelques jours à Françoise pour se décider. Le bébé était facile ; quant à son propre compagnon, la naissance de Juliette avait douloureusement révélé son inutilité : geignard, égoïste, hypocondriaque, rechignant à faire sa part ; très vite, il avait été clair qu'il ne serait qu'un gamin supplémentaire à materner. Un encombrant, en somme. Elle n'avait fait ni une ni deux, rempli une valise, mis sa fille dans sa poussette et sonné chez sa sœur.

— C'est moi.

Elles s'étaient tombé dans les bras.

La chaleur dans la pièce s'était faite plus douce. L'après-midi touchait à sa fin, la vapeur ne jaillissait plus qu'à intervalles espacés, dans un bruit rauque de souffle asthmatique. Dans le couloir, le brouhaha avait faibli. Les femmes se préparaient à réintégrer leur foyer, les cheveux mouillés, la peau neuve, l'âme et le corps délicieusement las. À nouveau, une vague de mélancolie envahit Françoise. Et elle, quel serait son retour ? Une soirée solitaire dans son appartement de célibataire – cette solitude qu'elle avait choisie sur un coup de tête lorsqu'elle s'était séparée, jalousement défendue lorsque Juliette était partie, cette solitude qui lui pesait mais qu'elle avait dans la peau comme un amant tyrannique. Qu'avait-elle gagné, finalement, dans la bagarre ? Les hommes étaient des ennemis, les femmes des rivales, la famille une prison. Elle avait perdu l'ancien monde sans en trouver un nouveau. Arnaquée sur toute la ligne.

Derrière elle, Françoise entendait Juliette respirer paisiblement. Probablement perdue dans ses pensées elle aussi. Qui sait quels souvenirs avaient pu se graver, dans la jeune âme, de cette étrange année entre femmes. Comme dans un mouvement inversé, Valérie avait décliné tandis que Juliette croissait, et il y avait quelque chose de poignant, de doux, d'infiniment touchant dans ce contraste. L'une mourait, l'autre naissait, c'était la nature à l'œuvre, simple, éternelle, ni bonne ni mauvaise. Les jours passaient dans cette bulle, presque paisibles, rythmés par le traitement de Valérie, le travail de Françoise et les soins au bébé. Alors qu'elles s'étaient à peine adressé la parole pendant des années, les deux sœurs bavardaient beaucoup, repassaient leur enfance et leur adolescence en revue, comparant leurs souvenirs, refaisant l'histoire, complétant le puzzle. Il y avait des rires, des découvertes, des indignations, des étonnements. Des silences aussi. Posée sur une couverture, Juliette gazouillait ou gigotait. Lorsqu'elle avait faim, elle pleurnichait un peu, juste de quoi se manifester. Lorsqu'on la couchait, elle souriait et s'endormait bientôt, son petit poing fermé sur l'oreille d'une peluche. C'était une enfant incroyablement calme, comme si elle avait compris que quelque chose d'important se passait, quelque chose qu'on n'interrompait pas pour un caprice.

Lorsqu'elle n'accompagnait pas sa sœur à l'hôpital pour ses séances de chimiothérapie, Françoise partait travailler après avoir déposé Juliette à la crèche. Valérie se reposait, écoutait un peu de musique, lisait si elle en avait la force.

À la fin, quand les souffrances étaient devenues trop pénibles, Françoise avait aidé sa sœur dans les démarches. On avait rempli des papiers, fait appel à un copain médecin pour les entretiens obligatoires. Valérie n'avait pas jugé utile de prévenir les parents du jour choisi : profondément choqués par la maladie de leur fille, ils avaient cependant froidement accueilli le rapprochement des deux sœurs et l'établissement de ce ménage à trois d'un genre particulier. On avait beau leur répéter que le mari de Valérie s'était tiré, oui, *ti-ré*, ils n'y croyaient guère : si leur cadette se retrouvait seule, c'est sûrement qu'elle avait fait quelque chose de travers. Et sans vraiment le dire on accordait d'emblée au fuyard toutes les indulgences. Les hommes étaient fragiles, chacun savait ça, il aurait fallu le ménager... le rassurer... enfin... lui laisser le temps, sous-entendaient-ils, sans se rendre compte une seconde de l'absurdité de cette inversion. Pour ce qui est de leur aînée, avec son bébé sans père, mieux valait n'en rien dire. Quant à l'idée d'une euthanasie, c'était tout bonnement un scandale. Et c'était une chose étrange de voir ces deux vieillards, agrippés à la vie, accuser une jeune mourante de n'y point tenir assez.

Au jour dit, tout s'était passé très simplement. Il y avait Françoise avec Juliette dans les bras, le copain médecin, l'anesthésiste. La chambre, avec ses murs peints de bleu tendre et ses tentures blanches, dégageait une atmosphère céleste. L'opérateur avait exécuté les derniers gestes, expliquant chacun d'eux calmement, à voix basse. Blottie contre l'épaule de sa mère, inconsciente de la gravité de la situation, la petite mordillait un hochet. Sur le visage de Françoise, les larmes coulaient sans discontinuer. Après l'injection la malade avait fermé les yeux, une main dans celle de sa sœur.

Françoise poussa un profond soupir. Juliette s'était redressée sur le banc, s'étirait.

— On y va ?

— On y va !

Elles quittèrent la pièce, remontèrent lentement l'escalier. Françoise se sentait épuisée tout à coup, la tête lui tournait un peu. Au rez-de-chaussée, la salle colorée aux petites tables s'était peuplée, des femmes discutaient en sirotant un thé à la menthe devant des assiettes de pâtisseries au miel. Cette vue lui rendit un peu d'énergie : voilà ce qu'elles allaient faire, prendre un thé et manger des gâteaux tranquillement toutes les deux !

Dans le vestiaire, certaines se changeaient, d'autres se maquillaient ou se coiffaient devant les miroirs. Elles ouvrirent leur casier.

— C'était bien hein ? s'exclama Juliette en enfilant son t-shirt. Françoise lui sourit.

— Oui, c'était bien.

Elle allait ajouter quelque chose lorsque son attention

fut attirée par une minuscule fillette brune aux cheveux frisés, sagement assise sur un tabouret dans un coin de la pièce. Elle était immobile ; sur ses genoux, un livre d'images bâillait, abandonné. De ses yeux noirs, immenses, attentifs, le visage levé, elle regardait sa mère s'habiller.

Un enfant

Mon Dieu, mais c'est un enfant !

Telle avait été ma première pensée quand on me l'avait présenté. J'avais soixante ans, lui vingt-cinq. J'aurais aimé qu'un physique imposant lui confère au moins une apparence de maturité. Au contraire, comme pour aggraver les choses, son aspect frêle et juvénile accentuait encore notre différence de générations. D'autant qu'un enfant, j'en avais un, et à peu près du même âge.

Baptiste était, m'avait-on indiqué, passionné de littérature du dix-neuvième. Par un phénomène de mimétisme certainement volontaire (il m'assura cependant du contraire), son visage et même son allure semblaient s'être conformés à ce goût. Regard pensif, moustache en croc et barbiche en pointe, longue chevelure brune rejetée en arrière dans une vague tourmentée sur un front limpide : il ressemblait trait pour trait au *Portrait d'un jeune poète romantique* dans lequel Émile Deroy nous croque un gracieux Baudelaire de vingt-trois ans, main sur la tempe et regard mutin, bien éloigné du chauve tourmenté à l'œil luisant et à la bouche amère des photographies plus tardives. Mais la similitude s'arrêtait là, car les yeux clairs et le maintien timide de mon jeune homme contrastaient absolument avec la pose affectée du tableau.

Son sourire, quand il leva les yeux de son smartphone pour m'accueillir et – puisque nous nous rencontrions pour la première fois – me découvrir, m'alla droit au cœur. Pour une femme de mon âge, même si les jeux de la séduction restent d'actualité (du moins pour celles qui s'y intéressent), l'impression de plaire au premier coup d'œil est une friandise rare qui se savoure avec bonheur. Oui, si je veux garder quelque chose de lui, c'est ce regard d'azur levé sur moi comme une aube joyeuse.

On dit souvent que l'âge n'est qu'un chiffre : il ne me fallut que quelques minutes pour constater qu'il n'en est rien. Mon interlocuteur était intelligent, sensible, il avait connu des difficultés et, sur de nombreux sujets, poussé la réflexion plus loin que beaucoup de ses semblables. Et pourtant, lourde de son expérience (ah, l'expérience), ma personnalité s'imposait avec une force écrasante. Non que je l'eusse voulu, au contraire. J'avais beau essayer par tous les moyens de l'atténuer, dans une curieuse contorsion mentale pour paraître plus légère, plus frivole, plus ignorante que je n'étais, ça ne marchait pas. Loin de moi l'idée de me vanter, d'insinuer que jeunesse rime avec superficialité. J'étais tout simplement plus avancée sur la route, et cela se sentait. Plus l'entretien progressait, plus ces efforts pour m'affadir me donnaient l'impression d'être une chatte qui rentre ses griffes pour ne pas blesser le chaton avec lequel elle joue.

C'est dans cet état d'esprit je me trouvais lorsque soudain, alors que l'entretien prenait un tour plus intime, une évidence me frappa : bon sang, mais le garçon me « draguait » ! J'avais commencé par accepter ses compliments avec le petit sourire qui convient avant de les éluder d'un geste, mais Baptiste ne s'était pas laissé faire. Surmontant sa timidité, dans un effort qui enflammait violemment ses joues pâles et lui tordait parfois la lèvre d'un tic, il fit ostensiblement en sorte de rendre ses avances plus explicites. Bientôt l'ambiguïté ne fut plus permise : ses allusions, élégantes mais claires, ne pouvaient en aucun cas se confondre avec la simple galanterie d'un jeune homme envers son aînée. Je dois préciser que j'évitai d'instinct, au cours de cette première rencontre, de mettre en avant mes succès professionnels. Nous étions dans un cadre qui n'avait rien à voir avec mon métier (que d'ailleurs il ignorait encore) et je n'avais aucune envie d'induire chez lui un fayotage qui aurait détruit la pureté de l'instant.

J'avais accepté de rencontrer Baptiste pour rendre service à une connaissance, amie des parents du jeune homme : inquiets du tour que prenait la vie de leur rejeton, ceux-ci cherchaient discrètement à en obtenir des nouvelles. Nous étions ce soir-là attablés face à face dans un bistrot bruyant mais chaleureux. Les boiseries blondes jetaient une note dorée sur les petites tables et le bar où se pressaient des grappes d'étudiants rigolards. Estimant qu'il s'y sentirait plus à l'aise que dans les bureaux glacés de ma société, j'avais choisi à dessein ce lieu que j'aimais mais que je fréquentais plutôt en matinée, lorsqu'à moitié désert il accueillait pour un café les employés du quartier. Dehors, la nuit était tombée. On voyait le goudron des trottoirs luire sous le crachin d'automne. J'avais commandé un verre de vin ; Baptiste, qui ménageait sa voix pour des raisons que je compris par la suite, un thé au miel. Des quelques banalités que nous avions échangées, nous étions bientôt passés à des considérations plus personnelles auxquelles je m'étais laissée aller avec plaisir, entraînée par le charme et la vivacité de mon interlocuteur. J'étais libre, personne ne m'attendait à la maison et je n'avais aucune raison d'écourter un moment aussi agréable.

Je constatai bientôt, avec la même surprise émerveillée, que le jeune homme essayait régulièrement, à la faveur d'un éclat de rire ou d'une exclamation, de poser sa main sur la mienne ou d'effleurer mon bras – technique d'approche qu'on ne m'avait plus appliquée depuis mes seize ans et qui m'attendrit profondément. Je fis mine d'ignorer ces tentatives. Je ne les décourageai pas cependant. Il aurait été simple de retirer ma main mais je la laissai au contraire posée sur la table. Immobile, longue, pâle, ridée, veinée de bleu et parsemée de taches, avec ses bagues, ses articulations gonflées et ses griffes écarlates, elle reposait immobile, comme à l'affût. Celle de Baptiste était brune et vive, plutôt petite, avec des doigts souples, musclés par la pratique de la guitare. À la dérobée, j'en observais le ballet autour de la mienne. Il y avait des approches, des reculades,

des avancées et des détours, des petits bonds et des escarmouches. Le spectacle de ce manège était si fascinant que je perdis plusieurs fois le fil de la conversation. Baptiste aussi, me sembla-t-il.

Mais le plus touchant fut le moment où, enfin, nous nous levâmes. L'entretien était terminé et lorsque nous nous retrouvâmes dehors, debout sur le trottoir, il s'avéra que Baptiste, non content d'être plus mince, était aussi légèrement plus petit que moi (l'espace d'une seconde, je me félicitai de ne pas porter ce jour-là mes habituels talons aiguilles). Il s'en aperçut également et tout en enfilant son sac à dos (son sac à dos !) s'arrangea immédiatement pour bomber le torse et redresser la tête afin de planter son regard clair droit dans le mien.

— J'aimerais vous revoir, lança-t-il.

Baptiste se révéla un amant attentif, très désireux de bien faire. Biberonné au porno, il connaissait toutes les figures de style et les exécutait avec une grande application. Théoriquement je n'avais rien à lui apprendre. Théoriquement. En réalité, il avait tout à découvrir. Mais comment le lui dire ? Comment lui dire que ses fantasmes étaient banals, ses originalités convenues, ses audaces éculées, ses manipulations malhabiles et ses caresses laborieuses ? Ça valait bien la peine d'être jeune.

En vérité, il aurait fallu pour améliorer ses prestations des vertus pédagogiques dont je me sentais absolument dépourvue. En tout cas au lit. Après tout, je n'étais pas là pour jouer les maîtresses d'école. D'ailleurs, le temps qu'il comprenne ce que je lui expliquerais, notre aventure aurait sans doute déjà touché à sa fin et c'est pour une greluche quelconque que je me serais décarcassée, une petite conne en string incapable d'apprécier le boulot. Ce que j'aurais pu lui enseigner, seul le temps, la patience et l'amour (l'amour, oui) le lui enseigneraient. La seule chose qui m'amusait était de voir sa queue mince et rose se dresser sur ses petites couilles rasées avec une rapidité stupéfiante (et à vrai dire presque agaçante, dans la mesure où je finissais par me demander si c'était vraiment moi qui lui faisais cet effet, ou s'il ne s'agissait pas plutôt d'une forme de disposition juvénile totalement indépendante de sa partenaire, comme ces instruments trop neufs dont le réglage n'est pas encore au point). Pour le reste, j'attrapais mon plaisir au hasard, de temps en temps. Plutôt grâce à moi que grâce à lui d'ailleurs.

De sa vie sentimentale, j'appris peu de choses. Une petite amie qu'il avait abandonnée en même temps que des études de Droit. Par la suite, il avait noué quelques relations éphémères par le biais de l'application à la mode, qui permettait de sélectionner ou de jeter aux oubliettes les candidates d'un simple glissement du pouce. Dans un paradoxe qui me fit beaucoup rire (sous cape bien entendu), il déplorait amèrement la légèreté des demoiselles en question, et sur le plan sexuel, leur exigence, leur impatience, et leur propension à vouloir tout sans s'astreindre à rien. N'ayant guère l'occasion de discuter sexualité avec de très jeunes femmes et mon fils ne m'ayant jamais fait de confidences à ce sujet, c'est un point qui m'intéressait énormément et sur lequel je fis longuement parler Baptiste. Je déduisis de ses propos que les jeunes filles actuelles ne se contentaient plus, comme nous le faisions autrefois, de simuler poliment en encourageant le maladroit jusqu'à ce que, discrètement téléguidé, il finisse par savoir comment s'y prendre, mais exposaient des revendications érotiques précises qu'elles entendaient voir satisfaites sans délai. Intransigeance qui me parut à la fois réjouissante pour la cause féminine et de mauvais augure pour l'avenir des relations entre les sexes.

J'appris aussi qu'obsédées par d'incessantes comparaisons, les filles de son âge avaient, à ses yeux, l'irritant défaut de se montrer peu sûres d'elles. Il fallait, me dit-il, constamment les rassurer sur leur physique (« non mais, quelle barbe à la fin, qu'elles règlent leurs problèmes, quoi »), et calmer leurs angoisses sur telle ou telle imperfection. Je n'en fus pas étonnée. Sous l'influence des réseaux sociaux, la pression était plus forte que jamais sur l'image des femmes – j'avais moi-même âprement lutté pour rester présentable. Mais à l'âge canonique qui était le mien, j'avais heureusement compris que certaines batailles sont perdues d'avance, et je savourais maintenant le bonheur de laisser mon corps, tel un fruit mûr un jour d'été, s'épanouir sans complexe entre les draps bariolés de Baptiste. Après une brève période durant laquelle j'avais sottement tenté de me montrer à ce que je croyais mon avantage, camouflant sous une coûteuse lingerie les parties moins bien conservées de mon anatomie, j'avais rapidement constaté que je faisais fausse route. Car c'étaient, au contraire, précisément les marques du temps qui plaisaient au jeune homme. Tout ce qui, dans mon physique, aurait pu me faire honte était pour lui source d'excitation, d'admiration, et même d'une sorte de fierté, comme il advient pour les possesseurs d'un meuble ancien ou d'une voiture de collection, chérissant la patine et le cuir usé de leur trésor. Ainsi je me rappelle, par exemple, l'étincelle victorieuse de son regard lorsqu'après le sexe il suivait, d'un doigt léger sur ma tempe, les rides creusées par nos ébats et la débâcle du mascara que je n'essayais plus de dissimuler.

Tel est le cadeau que me faisait Baptiste : dans sa petite chambre envahie de guitares, de câbles et de synthétiseurs, c'est mon corps qu'il m'offrait. Mon propre corps, libéré, purifié, embelli, lavé de la gêne et de la honte qu'on lui collait ailleurs. Quant à lui c'est avec étonnement que j'avais appris, au détour d'une phrase, qu'il se trouvait laid. Il venait de se lever et me l'avait jeté, debout, avec une vilaine grimace, au moment précis où toujours allongée j'observais avec tendresse sa jeune nudité – son torse maigre, ses hanches étroites, ses petites fesses rondes et le rayon de lumière dans ses yeux d'un bleu presque gris.

— D'ailleurs, ajouta-t-il, tu vois bien qu'il n'y a aucun miroir dans la pièce.

— Mais enfin, mais comment est-ce possible... ?

J'étais stupéfaite. Devant mon étonnement, il n'avait fait que hausser les épaules avant de changer de sujet.

Pourquoi n'ai-je pas su lui faire un don du même prix ? Pourquoi n'ai-je pas pu, à mon tour, lui faire aimer ce qu'il était ? Sans doute étais-je depuis trop longtemps, pour des raisons dues autant à mon parcours professionnel qu'à ma vie sentimentale, habituée à me battre, à lutter, et à prendre sans donner, araignée dressée à tuer pour survivre, indifférente au sort du moucheron pris dans sa toile.

Au fond, que pouvait bien représenter pour Baptiste une maîtresse de mon âge ? J'en étais arrivée à penser que l'idée, surtout, de cette relation lui plaisait. Outre le fait qu'elle constituait probablement une sorte de trophée pour sa virilité naissante, elle devait avoir à ses yeux quelque chose d'éminemment romanesque. Le jeune artiste et la femme mûre. Le poète et la muse. Un classique, un genre de fantasme balzacien. J'en étais consciente et cela m'amusait de jouer ce rôle.

Baptiste avait abandonné la faculté de droit pour se lancer dans la musique. Avec une naïveté merveilleuse, il s'était mis en tête de percer dans un domaine où il ne connaissait absolument personne et n'avait pas le moindre appui. Il s'estimait à un « tournant de sa vie », il allait enfin « réaliser ses rêves ». C'était, ajouta-t-il, « maintenant ou jamais ». Avait-il du talent ? Peut-être. Franchement je n'en savais rien, et j'avoue qu'aujourd'hui encore je l'ignore.

J'aimerais penser qu'il n'en avait aucun. Car alors... même si cela, bien sûr, ne justifie rien...

Contrairement à la pratique courante, il n'avait ni enregistré ni mis en ligne le moindre fragment de musique ou de vidéo qui aurait pu me donner une idée de son travail. Le peu qu'il m'en dit (des chansons de sa composition accompagnées à la guitare, instrument qu'en outre il maîtrisait selon ses propres dires assez médiocrement) me laissa plus que dubitative. Ses textes étaient quelconques, je ne décelais aucune originalité dans sa démarche musicale et ses ambitions me semblaient, pour un débutant, complètement extravagantes. Je fus particulièrement médusée par la description détaillée de son futur costume de scène (un pantalon noir, une chemise noire, des bottes de même couleur) – scène dont il n'avait jamais effleuré les planches et dont la perspective semblait encore pour le moins éloignée. Suffisamment, en tout cas, pour que le détail de sa tenue ne constitue vraiment pas une priorité. La puérilité de ce comportement me paraissait digne d'un petit garçon rêvant de se déguiser en Superman, et par là même à la fois ridicule, attendrissante et admirable. Elle me plongea dans de profondes réflexions sur la faculté d'imagination et la perte des illusions avec le temps. Avais-je tout à fait perdu les miennes ? Était-ce cela, la vieillesse ? Cette manière de voir immédiatement les obstacles, de ne plus laisser la porte ouverte aux rêves, à l'improbable, voire à l'impossible ? Combien de talents n'avaient éclos, pourtant, qu'en croyant fermement à des projets sur lesquels personne n'aurait parié un centime ? Est-ce qu'au lieu de sourire intérieurement je n'aurais pas dû envier Baptiste ?

Le jeune homme vivait apparemment d'économies accumulées pendant quelques années car il logeait dans une chambre plus que modeste louée au mois. Je savais que ses parents ne soutenaient pas sa démarche – bien au contraire. Furieux de le voir abandonner ses études, ils avaient immédiatement « coupé les vivres » au dissident, espérant que la faim ferait revenir leur fils à des projets plus « sérieux ». Mais le gamin s'entêtait, même si de toute évidence il n'en menait pas large. Lorsqu'il m'avait expliqué son plan, j'avais immédiatement, dans un réflexe professionnel, passé en revue mes relations dans le milieu artistique et commencé à échafauder des stratégies pour l'aider. Je voyais déjà quels rendez-vous, contacts, soutiens je pourrais lui procurer. Pourtant, presque aussitôt, j'avais renoncé.

Dans une période où les questions de consentement et d'abus défrayaient régulièrement la chronique et déchaînaient sur les réseaux sociaux des campagnes aussi brutales que vindicatives, je décidai de m'abstenir de toute manœuvre qui aurait fait de Baptiste mon obligé. Même si le jeune homme était loin d'être mineur et que je ne l'avais ni contraint ni manipulé pour entamer une relation dont il avait au contraire entièrement pris l'initiative, il me semblait que le climat ambiant incitait, dans ces matières, à une extrême prudence.

Il faut dire que notre différence d'âge me faisait, par un curieux retournement, m'identifier plutôt au camp des hommes qu'à celui des femmes, et aux harceleurs qu'aux harcelées. Du reste, que ce soit la chance, un milieu protégé ou une heureuse disposition de caractère, si l'on omet les souffrances que l'amour inflige inévitablement un jour ou l'autre, et bien que travaillant dans un environnement professionnel particulièrement dur et essentiellement masculin, je n'avais jamais rencontré de problème avec les hommes. Je dois même avouer qu'à mes consœurs menteuses, sournoises et manipulatrices j'avais toujours préféré le sexe fort, dont les défauts plus bruts (égoïsme, bêtise, lâcheté) m'apparaissaient, certainement à tort, plus sympathiques. Bref, je préférais éviter avec Baptiste toute démarche qui aurait pu prêter à confusion.

Sans doute y avait-il aussi, plus profondément, le refus de jouer avec mon amant un rôle maternel qui n'était pas mon fort et qui lui aurait retiré, à mes yeux comme aux siens, la virilité qu'il s'acharnait à manifester. Baptiste n'était ni un copain de mon fils ni un stagiaire de ma boîte. C'était un homme, j'étais une femme, et il me plaisait qu'il en soit ainsi. Dès le début, j'avais jaugé les risques de l'affaire. Tomber amoureuse de Baptiste ? Risque nul. Le jeune homme était charmant mais il ne faisait pas le poids, c'était clair. En eût-il été autrement, je me serais immédiatement enfuie. La perspective de m'humilier pour courir après un gamin me faisait horreur et j'avais assez de flair pour l'éviter. Celui que Baptiste tombe amoureux de moi ? Je n'y croyais pas une seconde. Je serais une étape, une expérience, un souvenir intéressant avant que des désirs plus conformes (une femme, une maison, des enfants) ne le rattrapent. C'était couru d'avance et c'était très bien comme ça.

Les choses allèrent leur train pendant un certain temps. Je voyais Baptiste une ou deux fois par semaine, nous allions dîner – je payais le repas – puis faire l'amour. Nous parlions peu de ses projets qui ne semblaient guère progresser et auxquels, comme je l'ai dit, je ne souhaitais pas être mêlée. Nous évoquions plutôt l'actualité, parfois un film ou une pièce de théâtre auxquels je l'avais invité – mais uniquement lorsque j'étais sûre de ne rencontrer personne de ma connaissance, car je n'avais aucune envie de m'afficher avec ce qu'on aurait pu prendre pour un gigolo. J'étais toujours étonnée de son appétit et je le regardais vider son assiette avec un enthousiasme communicatif, avant de commander, après m'avoir interrogée du regard, un plat supplémentaire ou un second dessert.

C'est beau la jeunesse, me disais-je, rêveuse, en picorant ma salade tandis qu'il dévorait à belles dents. Hélas, aussi incroyable que cela puisse paraître, jamais, non, jamais je n'imaginai une seconde que le jeune homme avait peut-être tout simplement faim. Pas une fois non plus je ne l'invitai chez moi – ce que d'ailleurs il ne me demandait pas. Il me semblait que l'introduire dans mon appartement lui aurait ouvert, au propre comme au figuré, trop de portes sur une intimité que je ne partageais plus depuis longtemps avec personne. En vérité, il me plaisait de pouvoir le quitter quand je voulais, après avoir déposé sur sa mince épaule un baiser léger. Mes escarpins à la main je descendais l'escalier branlant de son immeuble (cette cage d'escalier abrupte, celle-là même que je m'efforce maintenant d'oublier, avec sa rampe en bois brut et ses murs sales) avant de rejoindre ma voiture. Puis, les membres lourds de plaisir, la fenêtre ouverte, la tête rejetée en arrière pour aspirer l'air de la nuit, je roulais dans les rues désertes. C'était le meilleur moment. Une fois chez moi, j'ouvrais le frigidaire, croquais un morceau de fromage ou de chocolat en me faisant couler un grand bain dans lequel je paressais longuement avant d'aller me coucher, seule, heureuse, repue. Pour mon esprit rompu aux contrats, aux clauses et aux contreparties, le marché était (et je ne cherche pas ici à m'inventer des excuses) parfaitement équitable. Baptiste assouvissait son fantasme et moi je m'offrais une cure de jouvence : chacun y trouvait son compte.

Peu à peu cependant, il me sembla que Baptiste devenait maussade. Ses réponses à mes messages se firent plus lentes – chose que je détestais particulièrement. Dans mon métier comme dans mes amitiés, j'avais l'habitude d'échanges nets, de réactions rapides et précises. Lorsque je le voyais, il semblait absent, distrait.

— Tes projets, ça n'avance pas ? lui demandai-je un soir.

— Mes projets ! Ha, ha, ha ! ricana-t-il, avant d'ajouter : pourquoi, ça t'intéresse ?

Interloquée, je le regardai pour une fois bien en face. Comme il semblait frêle dans son blouson étriqué en simili cuir. Comme ses yeux étaient ternes, ses épaules basses. Le cou rentré dans les épaules, la mèche brune pendant sur le nez, toute son attitude respirait la lassitude et le découragement. Posée sur la table, sa petite main brune tripotait un cure-dent. Une bouffée de tendresse m'envahit soudain et l'espace d'un instant, l'envie me vint de me lever pour le serrer contre moi – le serrer dans mes bras, oui, le serrer de toutes mes forces, dans une étreinte qui n'aurait rien à voir avec le sexe.

Un peu gênée, je décidai pour une fois de contrevenir à mes principes.

— Tu sais, si tu veux...

Joignant le geste à la parole, je sortis mon portefeuille – une coûteuse pièce de maroquinerie assortie à mon sac à main, dont j'entrepris d'extraire quelques billets. Le regard qu'il me lança m'arrêta net. Dans sa main, j'entendis le cure-dent se casser avec un bruit sec. Je rangeai mon portefeuille.

En dépit de mes tentatives pour alléger l'atmosphère, la suite du dîner s'avéra pesante. Pressentant que la soirée ne pouvait que mal finir, je pris les devants et prétextai du travail pour l'informer que je ne monterai pas chez lui cette fois. Il n'insista pas et je le déposai devant son immeuble. Tandis qu'il mettait la clé dans la serrure, j'attendais pour lui faire un petit signe de la main. Mais la porte se referma sans qu'il se soit retourné. En rallumant le contact, je haussai les épaules. Décidément, le garçon n'était plus très drôle. Il était temps d'arrêter cette histoire.

Je ne dormis pas bien cette nuit-là. Après m'avoir gênée, la réaction de Baptiste me vexait rétrospectivement. Je tentai d'abord de me convaincre que sa fierté était bien mal placée. Pour une fois que je voulais l'aider ! Quand on est dans la dèche, à moins d'être vraiment idiot, on ne refuse pas un coup de main ; que voulait-il, à la fin ?

De la colère, je passai à la tristesse. Je ruminais sa remarque – « pourquoi, ça t'intéresse ? ». Mais quoi ? Qu'aurais-je dû faire ? Qu'est-ce que j'y connaissais, moi, à ses histoires de label, de compilations, de mix ou je ne sais quoi ! Je n'étais pas sa mère quand même ! Est-ce qu'il s'intéressait, lui, à mon travail ? Bon, s'il fallait être honnête, j'évitais soigneusement d'en parler... Mais peut-être en réalité comptait-il sur moi davantage qu'il ne voulait le laisser croire ? Il devait savoir que j'avais des relations. Pour la première fois, l'idée me vint que c'était peut-être la raison pour laquelle il couchait avec moi. Il avait été patient, m'avait joué le jeu de la séduction comptant sur le fait que je lui ouvrirais certaines portes. Ne voyant rien venir, cela ne l'intéressait plus. Évidemment, cela ne cadrait pas avec la candeur du personnage, mais enfin, c'était possible après tout. Il pouvait être plus rusé que je ne le croyais. N'empêche, c'était quand même un comble. Si je l'avais aidé, on m'aurait accusée d'abuser de mon pouvoir pour me taper un petit jeune. Et si je le laissais se débrouiller, cela n'allait pas non plus. Alors quoi, à la fin ? Furieuse, je me tournais et me retournais dans mon lit, ressassant mes griefs sans trouver le sommeil. Je finis par décider d'espacer les rencontres et de lui fournir, à toutes fins utiles, quelques contacts dans le milieu du show-business. Après tout, ça ne mangeait pas de pain – c'était le cas de le dire. C'est sur ce double projet que je m'endormis enfin.

Dès le lendemain, je fis un long texto à Baptiste. Je précisai que j'étais désolée du mauvais tour que semblaient prendre ses plans et lui annonçai que je l'avais recommandé auprès de X, Y et Z, personnages influents dans le milieu musical, que je connaissais un peu et chez qui il pouvait solliciter un rendez-vous de ma part.

Je n'obtins pas de réponse.

Irritée, je lui signalai dans un second texto que je serais très occupée dans les semaines à venir et que je n'aurais malheureusement pas le temps de le voir, mais que je le rappellerais dès que possible. Je terminai comme si de rien n'était par une émoticône humoristique et l'une des formules coquines que nous avions l'habitude d'utiliser.

Quelques jours passèrent sans que je ne reçoive de nouvelles. À mon âge, j'en avais vu d'autres : assez rapidement, je cessai d'attendre. Au contraire, je me félicitai une fois de plus de mon caractère indépendant : morale de l'affaire, j'avais bien fait de ne pas m'attacher. J'aurais l'air maline, maintenant, à pleurnicher pour un gamin. Non, vraiment, c'était sans regrets. Quant aux contacts que je lui avais transmis, aucun ne chercha à me joindre, signe que Baptiste ne les avait probablement même pas appelés. Décidément, le gosse était vraiment incapable de saisir une opportunité. Un vrai loser, en somme. Tant pis pour lui.

Dans les mois qui suivirent, il m'arriva encore de temps en temps de taper, par curiosité, le nom de Baptiste dans Google, histoire de voir s'il n'avait pas fini par réaliser quelque chose ; mais il semblait avoir purement et simplement disparu de la circulation. J'étais par ailleurs extrêmement occupée par un appel d'offres qui mobilisait toute mon énergie. Les négociations étaient dures, ma boîte risquait gros et chaque coup comptait, j'avais besoin de toutes mes ressources. Avec le temps, mon aventure avec le jeune homme prenait dans mon esprit un tour anecdotique, presque irréel : son profil se délavait, au point que je me demandais maintenant ce qui avait bien pu m'attirer dans cette histoire. Ç'avait probablement été une sorte de lubie, une envie, comme une pâtisserie qu'on avale par gourmandise. J'avais d'ailleurs un nouvel amant, un homme bien installé dont les conseils professionnels m'étaient précieux. Quelqu'un de consistant, enfin.

Il fallut plus d'un an avant que je ne découvre, en croisant par hasard la personne qui m'avait présenté Baptiste, que le jeune homme s'était, quelques mois auparavant, pendu dans la cage d'escalier de son immeuble. Le pire fut d'apprendre, par mon interlocuteur atterré, que le jeune homme avait sans doute regretté son geste à peine exécuté car on avait, détail affreux, trouvé ses mains si horriblement abîmées par la tentative d'arracher, dans un dernier spasme, la corde qui l'étranglait, qu'on avait dû les cacher aux parents venus reconnaître le corps.

L'espace d'un instant, je revis la petite main brune de Baptiste, virevoltant sur la table du bistrot, essayant de se poser sur la mienne. Je fermai les yeux, serrai les dents. Savait-on ce qui s'était passé ? Oh, une accumulation d'échecs m'assura tristement l'homme. Échec musical certainement, sentimental probablement, problèmes financiers – trop, enfin, pour un jeune homme fragile. Les parents étaient dévastés, bien entendu. La tête me bourdonnait, j'acquiesçai mécaniquement.

— Fragile oui... Un enfant.

Les yeux de mon père

La première chose qui me frappa en le revoyant fut l'aspect opaque de ses prunelles. C'est un phénomène que j'avais déjà observé chez les personnes âgées, spécialement lorsque, comme mon père, elles ont les yeux très clairs : une nuance blanchâtre envahit l'iris, semblable à une brume dans un ciel d'été. Mon cœur se serra comme si une main le tordait. Pourquoi ce voile qui semblait – déjà – tiré sur ses paupières comme un drap sur le visage d'un mort ? Où était-il, le regard d'azur qui avait fait sa fierté de bel Italien ? Que voyait-il à travers ces deux pupilles troubles ?

— Tes yeux, ça va ? lui demandai-je sans réfléchir. Il ne parut pas surpris de la question.

— Non, j'y vois de moins en moins. Il faudrait que je me fasse opérer mais...

Il fit un geste évasif. Au mot d'opération, mon cœur s'était de nouveau serré. Un bistouri dans les yeux de mon père !

Tout en marchant je lui avais pris le bras. J'étais étonnée de sa petite taille. S'était-il tellement tassé pendant ces années ou était-ce mes souvenirs qui me trompaient ? Étais-je restée dans un coin de ma tête la fillette qui s'agrippait aux jambes d'un géant ? Évidemment à force de vivre aux Pays-Bas j'ai acquis une autre échelle. Tout le monde est grand là-bas. Jan est immense et les garçons me dépassent déjà d'une tête, tous trois blonds et massifs. Un jour que je faisais des courses avec mes fils, je nous ai aperçus dans le miroir d'un magasin. J'ai eu un choc. C'était moi, cette petite femme noire trottinant entre deux athlètes nordiques ? Avec mes cheveux foncés et mon tailleur sombre, je me faisais penser à l'une de ces veuves siciliennes qu'on voit dans les films italiens des années cinquante. À ma grand-mère, en fait. Le peu d'années que je l'ai connue, je ne l'ai jamais vue autrement qu'en deuil.

Ça faisait dix ans que je n'avais plus mis les pieds à Rome. Nous avons quitté la Piazza di Spagna, emprunté la Via del Babuino. En passant devant une vitrine, mon père a lancé un coup d'œil à sa silhouette. Il s'est redressé, a rajusté son chapeau, un Borsalino de paille écrue, très élégant, qui lui allait bien. À quatre-vingt-cinq ans, il était resté d'une extrême coquetterie, cela me fit sourire.

— Tu portes des chapeaux maintenant ?

— Je me protège du soleil, je ne le supporte plus.

Pour la troisième fois je sentis une ombre passer sur mon âme. Mon père ne supportait plus le soleil ! Il est vrai que la luminosité était intense. Dès mon arrivée la lumière de Rome m'avait sauté au visage. À peine descendue de l'avion, j'avais directement mis mes lunettes noires, de larges verres à monture siglée qui faisaient rire mes enfants et que je n'avais jamais perdu l'habitude de relever dans mes cheveux. « Maman fait sa star italienne » disait Thomas. Brusquement je réalisais combien cette lumière m'avait manqué pendant toutes ces années. Il ne faisait pourtant pas très beau ce jour-là. Le ciel était gris – mais le gris d'ici n'est pas le même que celui de là-bas. C'est un gris joyeux, un gris qui met dans l'âme une gaîté dansante comme une flamme. Comment avais-je pu vivre loin de ça ?

— Ton mari, les enfants, ça va ? me demanda mon père à cet instant. J'éludai.

— Ça va. Tout le monde va bien.

Pour éviter la foule qui déferlait sur les magasins nous avons enfilé la petite Via Margutta. À cette heure, elle était déserte. Tout respirait le calme et la fraîcheur. Le lierre poussait le long des murs, le pavé brillait, un filet d'eau murmurait dans une vasque. Assise sur une chaise devant sa boutique, une vendeuse fumait. La vitrine de l'antiquaire avec ses fruits en marbre me fit pousser une exclamation de joie. Nous nous arrêtâmes.

— Tu te rappelles ? fit mon père avec un sourire.

Bien sûr je me rappelais. Toute mon enfance j'avais été fascinée par la coupe posée sur le buffet de ma grand-mère, contenant une demi-douzaine de ces fruits si parfaitement imités qu'on s'y serait cassé les dents. Une figue entrouverte, dont la fente laissait éclater des grains roses où perlait une goutte de sucre. Deux abricots givrés de buée. Quelques cerises sur lesquelles on avait poussé le réalisme jusqu'à reproduire les coups de bec des oiseaux. Une pêche de vigne à la peau plus veloutée qu'une joue de bébé.

Chaque soir, pendant les vacances, je faisais la même farce à mes grands-parents, chipant un de ces fruits pour le déposer dans la corbeille du dessert. Et chaque soir, un des convives faisait semblant de s'y laisser prendre, poussant une exclamation de surprise lorsque son couteau heurtait l'objet.

— Qu'est-ce qu'ils sont devenus, ces fruits ?

— Ta mère a tout jeté quand les Nonni sont morts. Elle trouvait ça vulgaire.

Je me mordis les lèvres. Son regard s'était assombri. Je me dis que j'aurais mieux fait de me taire. Nous traversions maintenant la Piazza del Popolo, immense et blanche avec son obélisque et ses fontaines jumelles. La terrasse de *Canova* était presque déserte, quelques touristes attablés devant des glaces, quelques hommes d'affaires qui téléphonaient en avalant leur café.

— Faisons une halte avant de grimper, proposa mon père.

Nous avions décidé de remonter à pied jusqu'aux Giardini de la Villa Borghese, mais je commençais à me demander si c'était raisonnable. Le chemin était rude et il marchait difficilement. Bien plus difficilement que lors de ma dernière visite. C'est pourtant lui qui avait tenu à faire cette promenade. Je crois qu'il était heureux de ce moment en tête-à-tête.

Nous avons pris une table à l'angle, au fond sous la grande tente écrue. Le ventilateur diffusait une vapeur glacée. Un serveur s'est approché.

— Buongiorno, Dottore !

Mon père était connu, il avait ses habitudes. Tous les serveurs lui souriaient au passage. Il me présenta fièrement :

— Mia figlia. L'Olandese.

On s'exclama. On salua. On me reconnaissait ou on faisait semblant. Le patron m'avait vue jeune fille. On nous servit. Un café avec un verre d'eau fraîche per la Signorina, un spritz et quelques chips per il Dottore. Un moineau vint se poser sur le rebord de la chaise, guettant les miettes de son œil rond. Le verre tremblait dans la main de mon père. Malgré la mort de ma mère il avait gardé son alliance, un anneau d'argent en forme de serpent déniché chez un bijoutier du Ghetto. Je savourai les trois gorgées noires et parfumées. Je pensais à Jan, à Mark et Thomas, aux Pays-Bas. Qu'est-ce que je foutais, en somme, dans un pays où on ne savait pas servir le café ? Pourquoi est-ce que j'avais passé ma vie loin d'ici ? J'étais partie pour un homme, j'avais fait souche là-bas, sur cette terre plate et morne qui ne me disait rien, qui ne m'était rien. Et maintenant j'avais deux garçons blonds d'un mètre quatre-vingt-dix, qui ne parlaient pas un mot d'italien et qui mangeaient du gouda. Des étrangers. J'avais enfanté des étrangers avec un étranger.

Nous avons quitté *Canova*. Tout en veillant à calquer mon pas sur le pas de mon père, je suivais le fil de mes pensées. Je me revoyais à vingt ans, déposer un bouquet de roses sur la table du salon et sauter dans l'avion pour m'envoler avec Jan. J'avais vidé ma chambre d'étudiante, j'allais vivre ma vie. Ailleurs, autrement. J'étais très amoureuse et je partais sans regrets. Amsterdam était une ville fascinante, libre, ouverte, j'étais pressée de m'y installer. Là-bas, comme beaucoup d'immigrés, j'avais mis un point d'honneur à m'adapter, chantant les vertus de mon nouveau pays, apprenant la langue à la perfection. En quelques années j'avais acquis une certaine notoriété dans la traduction italienne d'auteurs néerlandais. Jan était pressé d'avoir des enfants, nous avions eu les garçons coup sur coup. Au premier j'avais été stupéfaite de découvrir ce gros bébé joufflu, aux yeux bleus et aux boucles blondes. C'était ça mon fils ? La chair de ma chair ? Tous mes cousins étaient petits et noirauds, on n'avait pas d'enfants de ce type chez moi. Il tenait de Jan. « Un vrai Peeters », avaient commenté mes parents poliment. Sans l'avouer, je me sentais trahie. Je n'avais aucune famille à Amsterdam, Jan travaillait énormément, mes débuts de mère avaient été difficiles. À la deuxième grossesse j'avais follement espéré une fille, une brunette aux yeux noirs et à peau mate. Mais l'hérédité Peeters avait de nouveau vaincu. Second géant blond, second Batave.

À petits pas, nous avons entamé la longue montée de la Via Giorgio Washington. Des cars de tour-opérateurs stationnaient le long du trottoir défoncé. Les chauffeurs prenaient l'air ou téléphonaient en attendant leurs passagers. Discrètement, je surveillais mon père. Les gouttes de sueur commençaient à perler sur son front. Il s'appuyait fermement à mon bras. Histoire de dire quelque chose, je revins sur son opération aux yeux.

— Tu as un bon ophtalmo ?

— Non, il faut que j'en cherche un autre.

— Mais celui que tu avais autrefois ? Il n'est pas bien ? Il te connaît...

— Ciampi ? Il refuse de m'opérer. Il trouve que je suis trop âgé, ajouta mon père avec un petit rire. Il dit que ça ne vaut plus la peine de prendre le risque.

Plus la peine ! J'en restai comme deux ronds de flan. Un médecin disait à mon père que ça ne valait plus la peine de l'opérer. J'avais soudain une brûlante envie d'aller coller mon poing sur la figure du goujat. Mais qu'est-ce que ça voulait dire, plus la peine ? De quel droit est-ce que ce type décrétait que ça ne valait plus la peine ? Et même si mon père devait mourir dans une semaine, qui pouvait juger qu'il n'avait plus le droit d'y voir convenablement ?

La montée jusqu'aux Giardini nous prit presque une heure. Nous étions enfin arrivés sur la terrasse de la Piazza Ferdowsi, passés devant la statue de Gogol avec son socle orné des vers qui m'avaient tant marquée : *Je ne peux écrire sur la Russie qu'en étant à Rome*. Depuis que j'étais partie j'avais souvent pensé à cette phrase. Rien de tel que l'exil pour aimer son pays, j'en savais quelque chose.

Nous nous sommes accoudés à la balustrade qui fermait la place. La vue s'étendait sur la Galleria d'Arte Moderna et sa façade néoclassique. Un panneau à damiers bariolés annonçait une rétrospective Vasarely. À gauche sur la colline, la pagode de l'institut culturel japonais dépassait des pins parasols. En bas à droite, invisible de là où nous nous trouvions, la Villa Giulia, le Musée d'Art étrusque où mon père et moi avions passé tant d'heures à scruter des vases sur lesquels dansaient des faunes. Plus la peine ! Et s'il avait voulu voir encore une fois distinctement un de ces vases ? Le soleil se coucher sur Rome ? Le visage de sa fille ?

Le soir tombait quand nous avons poussé la grille de la maison. À peine entrée j'ai reconnu l'odeur, une odeur de lessive, de café et de pain. Le carrelage était frais, j'ai ôté mes sandales pour y coller mes pieds fatigués par la marche. Mon père s'est assis. Je regardais son visage pendant qu'il enlevait son chapeau, se passait la main sur le front. Un visage de médaille. Un de ces profils de vieux sénateur dont les bustes peuplent les musées de la péninsule. Mentalement, je comparais ce visage à celui de mes fils. Ils n'avaient vraiment rien pris de mon côté. Sauf les yeux, chez Thomas. « Il a les yeux de ton père », on me le disait souvent. Mais le nez en trompette et les boucles dorées brouillaient complètement le tableau. Finalement j'avais pour une raison que je ne comprenais plus (ou pour tant de raisons que je comprenais trop bien) voulu couper avec mes origines. Couper avec cet héritage. J'avais eu l'orgueil de tout recommencer seule, de repartir à zéro. Je n'avais ni frère ni sœur. Avec mon père, cette branche disparaîtrait et mes gênes continueraient leur route aux Pays-Bas, complètement assimilés par les Peeters. C'était le jeu, l'éternel brassage de la vie humaine. Pourtant ces pensées qui m'auraient paru ridicules autrefois avaient maintenant un goût de cendres. J'avais tué la lignée de mon père. Je comprenais mieux son chagrin quand j'étais partie, son aversion irrépressible pour Jan (« avec une taille pareille il est impossible que le cerveau soit irrigué » disait-il sans rire), son désintérêt de mes enfants, son espérance têtue qu'une mésentente conjugale me ferait revenir. Désormais, c'était trop tard.

Nous avons mangé un morceau de taleggio et un peu de jambon, j'ai coupé une tomate. Il n'avait pas beaucoup d'appétit, moi non plus. Mon avion partait très tôt le lendemain. Le congrès de traducteurs s'était achevé la veille et je ne tenais pas à prolonger mon séjour. J'avais déjà beaucoup hésité à m'arrêter chez lui. Je voulais absolument éviter de rentrer dans des discussions difficiles. Il m'avait préparé un lit dans la petite chambre, je dus mettre comme autrefois l'horloge au tic-tac trop bruyant dans la salle de bains. Avant de se coucher, il voulut à toute force me montrer le petit appareil de radio muni d'un casque qu'il utilisait dans son lit pour écouter de la musique. Depuis qu'il ne pouvait plus lire, il passait de longues heures, la nuit, branché sur une station de musique classique. Il me raconta la dernière émission qu'il avait écoutée, qui expliquait par quels méandres neurologiques les sons parviennent au cerveau. Ses yeux brillaient d'enthousiasme et de curiosité.

Quand l'avion a crevé les nuages pour entamer sa descente

sur Schiphol, j'ai regardé cette terre carrelée de gris, ces bâtisses rougeâtres. Jan était venu me chercher à l'aéroport avec un des garçons. Thomas se dandinait à côté de lui, souriant et dégingandé. Les yeux de mon père, oui...

Mon mari m'a embrassée, un peu inquiet. Il m'a demandé si tout s'était bien passé. J'ai dit « très bien », puis j'ai serré mon fils dans mes bras.

On s'installait sur des chaises longues et on regardait le ciel

On s'installait sur des chaises longues et on regardait le ciel. Dans l'interstice entre l'accoudoir et le tissu aux rayures décolorées, elle laissait pendre son bras sur l'herbe où était planté de guingois un verre de vin. Derrière elle, blottie dans une couverture sur mon propre fauteuil, je ne distinguais que ce bras maigre et la bosse légère que formait, dans la toile usée, son corps osseux.

— La Grande Ourse. Quatre étoiles pour les roues, trois qui tirent le chariot, lançait-elle en dressant l'index vers la voûte céleste (ce même index qu'elle m'avait durant toutes les vacances rageusement pointé sur un exemplaire fatigué des Contes de Perrault, bibliothèque rose, dorures à chaud, m'assénant d'interminables séances de déchiffrage afin que j'apprenne à lire avant l'âge réglementaire – on n'allait quand même pas s'en remettre aux lenteurs de l'Éducation nationale. Apprentissage précoce qui me valut pendant mes premières années d'école de me croire plus intelligente que je n'étais, d'être haïe des institutrices et de m'ennuyer terriblement).

Je levais le nez dans la direction indiquée. Je comptais les sept points lumineux disposés en quinconce. Pourquoi ce nom d'ourse, et quel rapport avec un chariot ? Elle avalait une gorgée de vin. Le silence nous environnait, dense nappe trouée de bruits légers – frôlements, grincements, froissements d'herbes, cri-cri unique lancé par un grillon insomniaque vite honteux de sa bévue. Au loin un chien aboyait. Un autre plus loin lui répondait par un long hurlement. Le ciel était si immense, si profond qu'il me donnait, quand j'y plongeais le regard, une sorte de vertige. Brillantes comme des clous d'acier, des milliers d'étoiles clignotaient. Ou était-ce la fatigue qui les faisait, à force de les fixer, clignoter devant mes yeux écarquillés ? Dans un coin, traînée de talc sur du velours noir, la voie lactée.

Jamais plus, à aucun âge, sur aucune mer, aucun désert, dans aucun voyage, je n'ai revu de ciel nocturne aussi limpide.

Fille de petits-bourgeois laborieux, elle avait très tôt décidé de prendre son destin en main. Dès lors, sa vie n'avait été qu'une longue suite d'évènements pliés à sa volonté. Sans fortune et sans beauté, elle était parvenue je ne sais comment à épouser un aristocrate indolent (mon grand-père), fils de famille ruiné qui pleurait devant la Vénus de Botticelli et jamais ne parvint à gagner un sou. À partir de là, tout, absolument tout, n'avait été que labeur, ténacité, obstination : de son ascension sociale dans sa ville de province, à la culture acquise à force de lectures acharnées, en passant par les deux guerres et les voyages effectués à une époque où les femmes n'en faisaient guère – sans oublier les enfants qu'elle avait eus par respect des convenances, procréant sans envie une pauvre ribambelle dont elle s'était désintéressée comme d'une portée de chiots.

Ma mère avait été souvent battue, beaucoup punie. Des punitions d'une méchanceté telle que le récit m'en faisait, lorsque j'étais petite, monter les larmes aux yeux. Alors, enfant, je pleurais pour cette autre enfant, la fillette aux jupes trop courtes et aux godillots trop lourds, la fillette au gros ruban, aux yeux brillants et au sourire craintif, la fillette des années de guerre, la fillette des photos au sépia décoloré, cette fillette qui était ma mère.

Cette dernière semblait n'en avoir gardé aucune animosité. C'était une autre époque, disait-elle en haussant les épaules. J'essayais de comprendre. *Une autre époque*. Une époque où l'on pouvait battre les enfants, les humilier, les punir, les laisser dans la voiture pendant qu'on mangeait au restaurant, les habiller de nippes ravaudées par la bonne tandis qu'on s'offrait des bijoux. Tenir ses enfants comme ses chiens, bien serré, c'était même, chez les bourgeois, plutôt bien vu. *On n'est pas chez les peigne-cul*, disait mon grand-père. Les *peigne-cul*: les parvenus, ceux qui choyaient leurs enfants, les dorlotaient, les gâtaient. En quoi le fait de chérir sa progéniture était-il signe de bassesse, et que pouvaient bien coiffer, sur des culs que je visualisais blancs et lisses comme des lunes, ces mystérieux peignes? C'est ce qui dépassait mon entendement. Pourtant il y avait là, je le sentais même si j'étais trop jeune pour comprendre, une affaire de classe, un mépris viscéral pour des gens qui n'étaient pas comme nous – ces peigneurs de postérieur dont le sort, cependant, me paraissait infiniment plus enviable.

Même en grandissant, jamais je ne suis parvenue à faire coïncider dans mon esprit la mère sadique et brutale de ces récits et la grand-mère chérie de mes étés d'enfance. Aujourd'hui encore, ce sont pour moi deux figures distinctes que rien ne lie, si ce n'est un savoir abstrait que mon cœur ne reconnaît pas. Une fois pourtant, une seule, les deux personnes se superposèrent. On venait de m'acheter à l'épicerie du village l'un de ces chewing-gums roses et dodus nommés Malabar (ah le tatouage longuement imbibé de salive à imprimer sur le bras), et j'avais, à l'arrière de la voiture, entrepris de gonfler entre mes lèvres une énorme bulle. Ma grand-mère dut m'apercevoir dans le rétroviseur, ou peut-être avait-elle entendu les grognements de satisfaction que j'émettais bêtement pour attirer l'attention sur mon exploit car, tout en maintenant d'une main nerveuse le volant de la Citroën qu'elle conduisait à tombeau ouvert sur les routes de campagne, elle se retourna pour me lancer à la volée, de l'autre main, une gifle retentissante. L'action avait été si violente, si rapide, si inattendue, si incompréhensible que j'en restai sidérée (quelques années plus tard, c'est l'image de cette fulgurante gifle que devait immédiatement m'évoquer la découverte du terme *Blitzkrieg*).

Mon après-midi se passa à décoller de mon visage la pellicule de Malabar incrustée sur mes joues et dans mes cils. Je ne fis plus jamais de bulles de chewing-gum devant elle, mais ce souvenir reste pour moi une porte entrebâillée, un interstice par lequel je peux, non sans effort, me glisser d'un personnage à l'autre.

Chaque été mon cœur bondissait lorsqu'au tournant de la route, après l'interminable voyage en automobile, surgissaient les murailles moussues, de ce gris particulier des pierres de la région. Si on avait, violant la construction, ouvert à l'avant deux larges baies sur une terrasse en gazon, l'arrière de la bâtisse était resté semblable à ce qu'il devait être des siècles auparavant : tournant au paysage un dos obtus, tassé dans les herbes hautes, percé de meurtrières qui semblaient épier le promeneur. C'était par-là, m'avait-elle raconté, qu'on surveillait l'arrivée des Anglais pendant la Guerre de Cent ans. Cette explication m'avait ravie. Accoudée à la fenêtre, je passais de longues heures à guetter sur la nationale goudronnée l'arrivée d'improbables armées, le cliquetis des cottes de mailles et l'éclat des épées. Du reste tout, dans ce pays de légendes, incitait à la rêverie. Des forêts d'un vert presque noir aux falaises d'où surgissait à chaque détour le profil d'un donjon, des rivières glacées dans lesquelles on allait se tremper lorsque la chaleur devenait étouffante aux grottes où la main d'hommes venus du fond des temps avait laissé son empreinte.

C'est dans ma chambre que se trouvait le premier rendez-vous de mes vacances. Cette vieille malle aux serrures rouillées et aux charnières de cuir était le lieu où, à la fin de l'été, quand la rentrée des classes approchait et qu'il fallait quitter la maison, je rangeais la gorge nouée tout ce que je laissais derrière moi. Livres entamés, jouets estropiés, fleurs et cailloux ramassés sur les chemins, insectes séchés, ébauches de poèmes ou plans secrets qui avaient perdu toute signification l'année suivante. En arrivant, je me précipitais, avant même d'ouvrir les volets, sur le précieux réceptacle. C'étaient toujours les mêmes sensations. L'odeur de moisi, les toiles d'araignée flottant aux quatre coins du couvercle, les objets qui semblaient n'avoir attendu que mon retour pour reprendre vie.

Mais presque aussitôt venait la seconde visite, celle qui me tenait le plus à cœur : elle était pour la « bibliothèque » – une armoire vermoulue dans laquelle s'alignaient quelques livres de poche à la couverture boursouflée d'humidité. Qu'allais-je lire cet été ? C'est de ma grand-mère, bien sûr, que j'attendais l'oracle.

— Ça et ça oui. Ça, si tu veux. Ça, ça et ça non. Ce n'est pas de ton âge, lançait-elle, péremptoire, en posant un index pointu sur les ouvrages prohibés.

Pas de mon âge : c'était le sésame. Car *pas de mon âge*, je le savais, ne signifiait nullement que le livre fût d'un niveau inaccessible à la fillette que j'étais – on m'eût volontiers laissé lire *l'Être et le Néant* à huit ans si cela m'avait tenté. Non, *pas de mon âge* signifiait que le livre contenait, ô merveille, des scènes sexuelles, ou jugées telles. Ainsi m'étaient désignés en creux les romans qui allaient faire, discrètement subtilisés (mais on me surveillait en réalité fort peu), dans des lectures fiévreuses et interdites, les délices de mon été.

Non que la « bibliothèque » en question contînt le moindre ouvrage graveleux, et je souris en pensant à ce qui était alors jugé indécent. Mauriac (Thérèse séduisant le jeune amant de sa fille), Gide, Montherlant (tourments de l'homosexualité en milieu catholique), Zola (Nana ruinant les banquiers) : on était loin de *YouPorn* et je me suis souvent demandé par la suite, en discutant avec mes propres adolescents, ce que pouvait avoir en commun une sexualité née entre les pages gondolées de *Thérèse Desqueyroux* et des émois surgis devant des gros plans pixélisés de bites et de chattes.

Durant ma scolarité, je découvris avec fierté que nombre d'événements dont on parlait au cours d'histoire avaient forcément été vécus – vécus pour de vrai – par mon aïeule adorée. Dès lors, je brûlai de l'interroger, pressée de recueillir et de communiquer à mes camarades les glorieux témoignages d'une authentique protagoniste. Les colonies, la Seconde Guerre mondiale... Je me lançai. Nous étions à la fin du dîner, le moment me sembla propice. L'antisémitisme, les camps de concentration ? Contre toute attente, le sujet sembla plutôt l'ennuyer. Elle piqua du couteau un morceau du camembert sans lequel on n'achevait pas le repas.

— Oui, oui, bien sûr, on voyait bien que les petits

magasins des Juifs fermaient les uns après les autres. Un jour c'était Moshé le fourreur, le lendemain David l'épicier... Un beau matin, la boutique était fermée... Ils étaient partis... Bah, on disait qu'ils allaient travailler, me dit-elle avec un geste vague, avant de conclure sèchement :

— De toute façon, tout le monde était antisémite à l'époque.

La réplique me cloua le bec.

Sur la guerre d'Algérie, (les « événements » d'Algérie comme elle disait), la conversation fut plus brève encore lorsque j'appris consternée qu'à cause de ces « évènements » le « pauvre oncle Charles » et « cette bonne Bernadette », qui étaient « pieds noirs » (pourquoi ce vieillard fumeur de Gauloises et sa grenouille de bénitier, que j'avais vus deux fois lors de réunions de famille, avaient-ils les pieds noirs, c'est un autre mystère que je mis quelque temps à percer) avaient été contraints de rentrer « complètement ruinés » en France après que leurs domestiques ont été « coupés en morceaux » sur leur plantation d'orangers. La vision de ces sanglants membres de serviteurs disséminés dans des plantations d'agrumes me coupa, c'est le cas de le dire, l'envie d'en savoir davantage.

Le dernier avatar de ces tentatives advint lorsque je découvris avec horreur, alors que les débats sur l'élection présidentielle enflammaient les adultes autour de moi, que ma chère grand-mère « votait Lepène » (j'avais entendu mes oncles absents le jour du scrutin dire qu'ils ne donneraient en aucun cas procuration à leur mère, capable de trahir leur confiance pour « voter Lepène » à leur place), ce même Lepène dont je savais seulement qu'il était une sorte d'équivalent de Satan en pire. Lorsque je profitai d'un tête-à-tête pour vérifier, entre deux bouchées de tartine à la confiture de groseilles, la chose auprès de mon aïeule, j'eus la surprise de l'entendre confirmer sans aucune gêne que non seulement elle « votait Lepène bien entendu » mais qu'elle lui trouvait d'ailleurs « beaucoup de sexe à pile ». Affirmation qu'elle me lança avec un clin d'œil qui se voulait coquin et dont le souvenir devait quelques années plus tard me laisser longtemps pensive devant le sourire prognathe et le mufle de bouledogue du candidat en question.

Ainsi m'apparut-il assez rapidement que je n'obtiendrais pas de ma grand-mère les informations que j'aurais espérées – ou du moins celles qu'il eût été souhaitable d'entendre. Avec l'infaillible instinct des enfants, toujours soucieux de protéger ceux qu'ils aiment (même et d'autant plus lorsqu'ils pressentent leurs côtés sombres), je cessai (comme je le regrette maintenant) de poser des questions dont j'avais bien compris que les réponses ne pourraient que créer l'embarras. Je décidai de faire comme le reste de la famille : ma grand-mère avait « son caractère », mieux valait en rire.

L'adolescence arriva, avec une compréhension plus fine des choses. Avec, aussi, mes premiers engagements politiques. En tout point et dans tous les domaines, mes idées s'opposaient aux siennes. Ce qui dans ses opinions m'avait amusée enfant devenait ce contre quoi je lutterais férocement adulte – et d'autant plus férocement que j'en connaissais intimement les ressorts. De manière étrange, mon admiration pour elle n'en fut pas diminuée, ni son affection pour moi entamée ; et peut-être est-ce la leçon la plus importante, la plus difficile, la plus subtile qu'elle m'ait transmise. Qu'aurais-je fait, en des temps moins pacifiques, si j'avais dû me confronter – me confronter réellement – à cette personne que j'aimais ? Si elle s'était trouvée dans un camp et moi dans l'autre ? Si des vies avaient dépendu d'un mot ou d'un silence ? Comme ils sont vains, nos héroïsmes virtuels !

Tandis que son existence s'écoulait inexorablement vers la mort, la mienne jaillissait vers le futur. Mais toujours, en un point souterrain, comme ces sources enfouies qui se rejoignent sous terre, le flux de sa vie irriguait la mienne.

Elle tomba malade. Affaiblie, elle ne recevait plus qu'allongée dans son lit, le front couvert d'un gant de toilette glacé, remède souverain, croyait-elle, contre les maux de tête effroyables qui la faisaient délirer et annonçaient déjà sa fin. On faisait la pénombre dans la pièce qui sentait la pharmacie et le tabac (jamais on ne put la convaincre d'arrêter de fumer). Au-dessus de son lit, une branche de buis trempait dans un bénitier en porcelaine, à côté d'un portrait de Napoléon Bonaparte. Nous parlions de mes études, de mes amours naissantes et de mes lectures, toujours. Lorsqu'elle était lasse, elle me faisait, d'une main de tragédienne, signe de m'en aller.

La dernière fois que je l'ai vue, elle reposait dans son cercueil. L'équipe des pompes funèbres avait fait du bon boulot car elle avait maintenant l'air paisible et serein, elle qui avait été toute sa vie nerveuse comme une pile électrique et têtue comme une mule. Son front labouré de rides avait été on ne sait comment détendu et lissé par les techniques d'embaumement. On lui avait dessiné de jolis sourcils arqués, rosi les joues, légèrement fardé les lèvres. Sur sa bouche flottait un sourire à la fois détaché et espiègle comme si, dans un baroud ultime, elle s'amusait de nous voir tous en noir autour d'elle.

La famille réunie au funérarium était comme décapitée. Les uns sanglotaient, les autres baissaient les yeux, muets, ou fixaient un point dans le vide. Tous étaient épuisés par des semaines d'une agonie féroce durant lesquelles la vieille femme avait lutté nuit et jour, s'accrochant à la vie de toutes ses forces, ne cédant le terrain que pouce par pouce, pour tout à coup lâcher prise un matin sans un mot.

Sur sa poitrine on avait croisé ses mains, deux magnifiques mains brunes. Fines, longues, parsemées de taches qui ajoutaient à leur grâce féline, elles semblaient avoir vécu une vie autonome. Une vie de serres, de griffes, de panthères. Je l'avais toujours vue, même parvenue à un âge avancé, y consacrer un soin jaloux, les enduisant de crème, massant longuement les phalanges déformées par les rhumatismes. Pour la mise en bière, on avait ôté de son annulaire un rubis à taille carrée, rouge comme une goutte de sang, seul bijou qu'elle continuât de porter et dont par une ultime coquetterie elle reprenait précisément la couleur pour laquer des ongles à l'ovale parfait.

Quelques mois plus tard, la maison où nous regardions les étoiles la nuit, la maison des livres interdits et des étés d'enfance, fut vendue. Je n'y suis jamais retournée.

Table

ACHEVÉ D'IMPRIMER
EN FÉVRIER DEUX MILLE VINGT-TROIS
PAR L'IMPRIMERIE FLOCH À MAYENNE.